16	3	2	13
5	10	11	8
9	6	7	12
4	15	14	1

AMBASSADE DE FRANCE AU BRÉSIL
Liberté
Égalité
Fraternité

INSTITUT FRANÇAIS

Este livro, publicado no âmbito dos Programas de Apoio à Publicação 2024
Atlântico Negro e Carlos Drummond de Andrade
da Embaixada da França no Brasil e da Temporada Brasil França 2025,
contou com o apoio à publicação do Institut Français
assim como com o apoio do Ministério da Europa e das Relações Exteriores.

*Cet ouvrage, publié dans le cadre des Programmes d'Aide à la Publication 2024
Atlantique Noir et Carlos Drummond de Andrade
de l'Ambassade de France au Brésil et de la Saison France-Brésil 2025,
bénéficie du soutien des Programmes d'Aide à la Publication de l'Institut Français
ainsi que du soutien du Ministère de l'Europe et des Affaires Etrangères.*

Gaël Faye

JACARANDÁ

Romance

Tradução
Mirella Botaro e Raquel Camargo

editora■34

EDITORA 34

Editora 34 Ltda.
Rua Hungria, 592 Jardim Europa CEP 01455-000
São Paulo - SP Brasil Tel/Fax (11) 3811-6777 www.editora34.com.br

Copyright © Editora 34 Ltda. (edição brasileira), 2025
Jacaranda © Éditions Grasset & Fasquelle, 2024

A FOTOCÓPIA DE QUALQUER FOLHA DESTE LIVRO É ILEGAL E CONFIGURA UMA APROPRIAÇÃO INDEVIDA DOS DIREITOS INTELECTUAIS E PATRIMONIAIS DO AUTOR.

O autor agradece a Catherine Nabokov
por sua contribuição para a publicação deste livro.

Imagem da capa:
*Ilustração de Riki Blanco
(representado por Colagene/VO Talents Agency, Paris)*

Capa, projeto gráfico e editoração eletrônica:
Franciosi & Malta Produção Gráfica

Preparação:
Jean-François Palmieri

Revisão:
Cristina Yamazaki

1ª Edição - 2025

CIP - Brasil. Catalogação-na-Fonte
(Sindicato Nacional dos Editores de Livros, RJ, Brasil)

F595j	Faye, Gaël, 1982 Jacarandá / Gaël Faye; tradução de Mirella Botaro e Raquel Camargo. — São Paulo: Editora 34, 2025 (1ª Edição). 240 p. ISBN 978-65-5525-247-7 1. Literatura francesa. I. Botaro, Mirella. II. Camargo, Raquel. III. Título.

CDD - 843

Para Umugwaneza,
Isimbi e Ikirezi

Stella correu para o jardim. Ela o viu se desmoronando no chão. Seu amigo, sua infância, seu universo. Os homens com facões estavam sujos, brilhavam de suor, satisfeitos consigo mesmos. Ela soltou um grito de terror antes de cair de joelhos sobre a grama, a mão pressionada contra o estômago, o rosto em chamas.

Desde esse dia, Stella está internada. O médico conversa com sua mãe no corredor do hospital. Ele menciona um estresse pós-traumático. Sua mãe deixa escapar um riso nervoso. "Essa criança não passou por nada de grave, não lhe faltou nada, do que você está me falando, doutor?" O médico pergunta se Stella é uma sobrevivente. Mas mal tinha terminado a frase quando vê a data de nascimento no formulário. Ela tem vinte e um anos. Sua mãe dá uma gargalhada — a gargalhada que Stella adora desde sempre, límpida, estrondosa. Ela se recompõe para não contrariar o médico e confirma calmamente que sim, ela nasceu depois do desastre.

Nas noites seguintes, Stella pena para fechar os olhos. Soluços longos, gemidos incessantes e gritos percorrem o prédio. No quarto contíguo ao seu, ela percebe uma agitação inquietante. Arranhados, rangidos, chiados. De manhã, a enfermeira que administra seu tratamento conta que o paciente ao lado é um homem sem idade, internado há anos. Durante o dia, ele fica prostrado numa cadeira de frente para a janela. À noite, rasteja pelo chão, agarrando-se às paredes do quarto. Stella não dorme, suas angústias voltam, vivas, afiadas. Na escuridão, ela olha fixamente o teto, observa os movimentos bruscos das lagartixas, permanece atenta aos ruídos do homem-barata que percorre as paredes. O hospital é um barco noturno que recolhe a humanidade do fundo do abismo, os gravemente queimados pelo esforço de reconstrução, os exauridos pelas pressões familiares, os esgotados pelas convenções sociais, os desertores da grande comédia humana. Mas ele abriga, sobretudo, essas sombras entorpecidas que se desculpam por ainda existirem, essas almas errantes que vivem em territórios sem luz, conchas humanas repletas de tormento e pesadelos sem cura.

    O médico recomeça com suas perguntas. Queria que ela falasse, quer entender o que a deixou nesse estado. Ela não ousa dizer nada. Vem de uma história que lhe ensinou a conter suas emoções, a deixar suas lágrimas correrem dentro do ventre. O médico insiste, Stella se fecha. O coração é um segredo. Como confiar a esse homem que é por causa da árvore? Da sua árvore.

    Seu amigo, sua infância, seu universo.

    Seu jacarandá.

1.

1994

A guerra! Eu não sei por que respondi "a guerra" quando Sophie, a representante de turma que preparava minha defesa no conselho de classe, me perguntou por quais razões meus resultados do último trimestre haviam sido tão catastróficos. Ela insistiu: "A guerra?". Repeti: "Sim, a guerra". Eu não ia admitir que não tinha feito porcaria nenhuma, que era um preguiçoso que passava o tempo sonhando acordado e ouvindo rock. Precisava encontrar uma explicação convincente, impossível de ser verificada e que pudesse comover o conselho de classe. Poderia ter usado a desculpa de uma doença grave, um câncer ou uma insuficiência cardíaca, mas precisaria fornecer atestados médicos; ou alegar que meus pais haviam se separado recentemente, mas era o caso de metade dos alunos do colégio e isso não os impedia de ter notas razoáveis. Então, sem pensar muito, disse que era por causa da guerra no país da minha mãe. Eu não acreditava que estava inventando uma mentira dessas! Mas quanto mais eu pensava nisso, mais achava essa história crível. Nos telejornais, falava-se desse conflito havia semanas, com imagens chocantes de assombrar a alma. Embora fossem acontecimentos distantes em um país desconhecido, naquele momento, todo mundo tinha uma ideia do que estava acontecendo. Então dobrei a aposta, inventei tudo: as atrocidades da guerra, a dor da minha mãe, os pesadelos do meu pai, a minha dificuldade em me concentrar e estudar com serenidade. Percebi que minha mentira estava funcionando, pois Sophie me escutava com lágrimas nos olhos. Durante o conselho de classe, ela me defendeu tão bem, retomando com emoção os meus argumentos, que os professores, comovidos, decidiram esperar para apresentar o veredito final.

Eu não imaginava que a escola chamaria meus pais. Tinha caído na minha própria armadilha. Na sala do diretor, sentado entre o meu pai e a minha mãe, de cabeça baixa, enquanto o diretor relia em voz alta a argumentação da representante, eu observava meu pé balançar freneticamente sob a mesa. Ao sair da reunião, enquanto ainda estávamos no pátio da escola, meu pai me passou um sabão humilhante na frente de um grupo de alunos eufóricos. Mas o mais difícil de engolir foi o silêncio da minha mãe. Seu silêncio de sempre. Ela se contentou em me encarar por intermináveis segundos. Um olhar cheio de desprezo que me deu vontade de desaparecer para sempre. Por vários dias, ela não me dirigiu a palavra. Meu boletim chegou na semana seguinte. No campo "observações", o diretor havia deixado um comentário mordaz: "Quando a mentira vem à tona, é a confiança que se esvai". Sem surpresa, fui reprovado no sexto ano.

Foi naquela primavera que Ruanda entrou em nossa vida pela primeira vez. Minha mãe nunca tinha falado sobre isso. Para ela, sua vida começara em 1973, quando chegou à França. Ela não falava da família, não dizia nada sobre a infância, não tinha nenhuma foto da juventude lá. Quando criança, certamente eu devo ter lhe perguntado onde ficavam seu país, seus pais — meus avós, que eu não conhecia. Eu já não me lembro das respostas. O passado da minha mãe era uma porta fechada. De resto, ela não ouvia música ruandesa, não cozinhava pratos típicos e não havia cantado para mim canções de ninar em sua língua materna. Em nossa casa, nem sequer um objeto exótico, e nenhum conhecido ruandês vinha nos fazer visita. Na minha cabeça, éramos uma família francesa, banal. Evidentemente, minha mãe não podia dissimular a cor da sua pele, e com frequência perguntas insistentes, reflexões anódinas ou subentendidos tendenciosos a levavam de volta àquele país distante que ela nem mencionava, nem reivindicava. Mas ela não reagia. Era anedótico. Não me lembro de tê-la ouvido reclamar nem uma vez sequer da sua condição ou de denunciar algum tipo de racismo. O que mais surpreendia era o francês sem sotaque. As pessoas ficavam impressionadas, parabenizavam-na quando descobriam que ela não havia nascido aqui. O único erro que às vezes lhe acontecia de cometer era uma estranha confusão entre o masculino e o feminino, ou, quando ela estava cansada, os "l" pronunciados como "r". Meu pai afirmava que essa diferença de pele nunca havia sido uma questão para ele. "O amor não tem cor", ele repetia. E dizia isso com orgulho, jurando não enxergar a cor da minha mãe. Como ela abafava completamente as suas origens, eu quase chegava a esquecer que ela havia nascido e crescido sob outros céus. A tal ponto que, quando eu a surpreendia falando kinyarwanda numa conversa ao telefone, e a ouvia se expressando fluentemente naquela língua desconhecida, eu parava, perplexo. Nunca soube com quem ela conversava. Quando lhe perguntava, ela era evasiva, falava de "velhos conhecidos" ou de sua "família distante em Bruxelas". Eu aproveitava esses telefonemas para espioná-la. As atitudes, as inflexões de sua voz, a expressão corporal e até o movimento das mãos no ar faziam dela outra pessoa, lhe conferindo uma aura de mistério que me perturbava profundamente. Eu a observava naquela nova encarnação, e uma sensação fugaz e desagradável percorria meu corpo. A de não saber nada sobre essa pessoa com quem eu convivia desde sempre. O terrível sentimento de não conhecer essa mulher. Minha própria mãe.

Ruanda chegou na minha vida pela televisão, que assistíamos religiosamente na hora do jantar. Na primeira vez que o apresentador falou desse país, eu me virei instintivamente para a minha mãe, todo animado, quase feliz por seu país natal estar sendo finalmente pauta de noticiário. Mas ela não reagiu, completamente absorta pelas imagens que desfilavam na tela. Vendo minha empolgação, meu pai me lançou um olhar constrangido e dissuasivo. No fim do programa, esperei da minha mãe uma reação que não veio. Essa cena se repetia praticamente todas as noites. Durante meses, um magma de imagens de morte, violência e êxodo era despejado em nossos pratos. Antes da transmissão, o apresentador tinha o cuidado de alertar que certos conteúdos podiam ofender a sensibilidade dos telespectadores. Ficávamos então em silêncio, com os olhos fixos na tela, os garfos suspensos, congelados como estátuas diante do espetáculo daquela barbárie longínqua. Depois o apresentador reaparecia para anunciar outra reportagem. Um anjo passava antes que as coisas retomassem o curso normal: meu pai se servia de uma taça de vinho, minha mãe apimentava energicamente seu purê de batata, eu penava para cortar meu bife e afastar as cenas de horror que tinham me atravessado pouco antes. Em nossa casa, a sensibilidade do telespectador havia sido engolida como um punhado de silêncio. O que acabava me causando dores de estômago terríveis.

 Eu me vejo de novo encolhido em minha cama, por horas, o suor na testa, meus antebraços pressionando minhas entranhas doloridas, esperando que a queimação passe; eu me vejo de novo em meu quarto, no fim de tarde, o olhar fixo numa sombra que se desvanece sobre a parede do cômodo, e a sombra que evolui, oscila, se metamorfoseia e depois desaparece ao ritmo da corrida do sol e da chegada da noite; eu me vejo de novo prostrado por horas a fio, com esse sentimento inexplicável de que preciso ser paciente, de que a vida me destina a algo que ainda não conheço, e que a contrapartida desse desconhecido é a espera, uma longa espera, serena e implacável.

2.

Eu ansiava pelas férias de verão, estação do sublime relaxamento. Todo ano íamos para o Oeste, para o oceano Atlântico, suas praias longas, a casinha branca com persianas verde-pastel bem no fim da ilha. Eu passava as férias com meus pais e meus avós paternos. Meu pai não tinha nem irmão, nem irmã, seu pai também não, éramos uma linhagem de filhos únicos. Era o verão dos meus doze anos e, desde sempre, eu vivia cercado de adultos. Meu avô tinha um veleiro no qual embarcávamos de manhã, só os homens, para pescar cavala e nos preparar para a regata de Assunção. À noite, jantávamos sob os ciprestes do jardim, os adultos bebiam vinho rosê gelado e eu me refrescava com litros de água com gás e limão. Uma leve brisa nos aliviava do calor sufocante do verão. No vilarejo descontraído, ouviam-se risadas embriagadas e conversas distantes, talheres tilintavam nos jardins vizinhos, em algum lugar na vizinhança um saxofonista soprava laboriosamente a canção "My Favorite Things", de John Coltrane, e as buzinas das bicicletas a dínamo ecoavam atrás da mureta de pedra no fundo do jardim. Na hora do café, à mesa, quando o dia se alongava um pouco mais, eu me tranquilizava em saber que no fim da praia, na extremidade oeste onde se ergue o farol das Baleias, um sol âmbar estava prestes a mergulhar por completo no oceano para acordar a outra metade do mundo. Era nesse horário exato que, todo 14 de julho, íamos nós cinco lentamente em direção às salinas para assistir aos tradicionais fogos de artifício, uma das raras ocasiões em que os veranistas do camping municipal se misturavam às famílias burguesas do vilarejo.

Naquela noite, apesar da multidão, havíamos encontrado um lugar sobre um aglomerado de rochas e, ao nosso redor, a excitação das crianças formava um burburinho alegre. Minha avó se agitava, se virava, observava a multidão com uma ponta de exasperação que ela se empenhava em nos transmitir.

— Mas quanta gente! Olhem isso! Até lá longe.

Como uma família de suricatos montando guarda, viramos a cabeça todos ao mesmo tempo. Então meu avô retorquiu, num tom filosófico:

— O que você quer, Geneviève? Não vamos sentir saudade de quando colocávamos o carro na balsa. A ponte significa mais gente na ilha. É assim, é a marcha do progresso...

Minha avó deu logo uma risadinha e prosseguiu num tom brincalhão:

— Lá vem o engenheiro aposentado defendendo o seu bebê! A gente sabe que você tem orgulho da sua ponte, meu bem. Mas esse engarrafamento por toda parte, é isso que você chama de progresso?

Havia entre os meus avós uma mistura de ternura e provocação que lhes dava um ar de adolescentes travessos e pirracentos. Ao lado deles, meus pais pareciam sem farpas. Nunca uma palavra mais alta, concordavam em tudo, da minha educação às convicções políticas, passando pela escolha do programa de TV da noite ou a cor do sofá na Ikea no domingo à tarde. E se acontecesse de se desentenderem, resolviam as diferenças em voz baixa e contida. Era como se, por medo de quebrar o encanto de um sonho leve, eles tomassem o cuidado de fazer o mínimo de barulho possível e de não incomodar um ao outro. Por trás da aparência harmoniosa, o casal era de uma monotonia tediosa.

Meus pais pareciam cansados e bocejavam sem parar desde de manhã. Havíamos chegado no dia anterior, exaustos das sete horas de estrada e do congestionamento naquele caldeirão de julho. Por conta das liquidações, minha mãe fechara a sua loja de roupas tarde na véspera da partida, e meu pai, que era gerente de banco, multiplicara as horas extras naqueles três últimos meses em razão de uma promoção que ele parecia lamentar amargamente. Já eu estava ansioso, pois meus avós ainda não tinham feito nenhuma pergunta sobre o meu ano letivo, e eu esperava que isso não acontecesse na presença dos meus pais. Mas foi minha mãe quem foi o alvo da curiosidade da minha avó:

— Me diga, Venancia, é horrível o que está acontecendo no seu país. Me refiro aos massacres. E agora essa pobre gente fugindo por todas as estradas e morrendo de cólera ou de tifo. Fiquei pensando... Enfim... fiquei me perguntando, como você está vivendo tudo isso?

Eu não podia acreditar. A minha avó fazendo uma pergunta direta à minha mãe sobre Ruanda! Ela e meu avô nunca faziam isso. No início, quando meu pai apresentou minha mãe aos seus pais, eles ficaram chocados. O filho deles com uma africana! Eles não eram racistas, mas... daí a ter uma nora negra... Depois, quando entenderam que a relação era séria e de modo algum negociável, eles se contiveram e, ao longo dos anos, haviam aceitado a minha mãe a ponto de amá-la como uma filha. Mas não se interessavam pela vida dela antes da França — por pudor, talvez, ou provavelmente por indiferença. Foi preciso então centenas de milhares de mortos, milhões de refugiados, uma quantidade incalculável de artigos de imprensa, incontáveis reportagens na televisão, para que essa simples pergunta enfim pudesse ser formulada. Era inédito. Eu senti minha pulsação se acelerar. Ansiei febrilmente pela resposta da minha mãe.

— Ah, sabe, isso não vem de ontem. Há massacres faz tanto tempo... Digamos que é uma longa história...

— Sim, eu imagino... Mas dessa vez, realmente, está tomando proporções... Quero dizer... eehh... essa guerra entre as tribos... Eu nunca consigo lembrar, como é mesmo? Os tutús e os tsitsis?

— Os hútus e os tútsis, Geneviève! — corrigiu meu avô, constrangido com a falta de tato da esposa. — Estão falando disso todos os dias há três meses. Não é tão complicado! Os hútus e os tútsis! E não são tribos, são etnias.

— Ah, sim, é isso, os hútus e os tútsis — ela disse, mas sem se ofender. — Pra começo de conversa, não se sabe bem quem são os bons e quem são os maus. E depois, essa imensa barbárie. Com facões... Mulheres, crianças... É inconcebível...

Minha avó parecia comovida, hesitante, sem jeito, procurando desesperadamente as palavras para expressar seus sentimentos diante de uma situação que a ultrapassava.

— Oh, perdão, Venancia querida. Eu não deveria falar de toda essa tragédia, já que estamos aqui justamente para nos distrair. Mas eu te garanto, tenho pensado muito em você nesses últimos dias, com todas essas histórias terríveis do seu país que chegam até nós. Graças a Deus você não tem mais família lá, se me lembro bem.

— Sim, sim, eu ainda tenho família lá — minha mãe respondeu calmamente.

Minha avó parecia constrangida, como se tivesse acabado de cometer uma gafe. Ela desviou o olhar. Eu estava siderado por saber que minha mãe tinha família em Ruanda e por ela não falar mais nada sobre o assunto.

— Mãe, talvez não seja o caso de importunar Venancia com tudo isso esta noite — disse meu pai.

— Philippe tem razão — complementou meu avô, como para encerrar o assunto.

Depois ele se voltou para mim.

— E você, meu pequeno Milan, como foi o final do seu ano letivo?

Meu corpo se enrijeceu e pude sentir em meus pais como que uma onda de tensão. Por sorte, fui salvo por um triz pela chegada da música e pela explosão dos primeiros fogos de artifício. Ficamos em silêncio, hipnotizados pelo espetáculo. A música aumentava dramaticamente, os estouros comprimiam nossos tímpanos, o público soltava exclamações de alegria diante daquele dilúvio pirotécnico. O cheiro de pólvora se misturava aos eflúvios de lama e de iodo. Os pântanos se iluminavam sob o efeito de deflagrações multicores sem fim, que variavam em forma e intensidade. No ápice do espetáculo, meu pai percebeu as chamas na margem. Faíscas caídas na grama seca tinham acabado de provocar um incêndio. Um fogo cada vez mais voraz aumentava à medida que um vento proveniente da terra se elevava. Quando as ambulâncias chegaram, os veranistas foram evacuados.

Bem mais tarde, no meio da noite, fui acordado pelo cheiro acre da fumaça e pelos gritos dos bombeiros a alguns metros da nossa casa, do lado de lá da mureta de pedra do jardim. Me levantei tossindo para fechar uma janela que estava entreaberta. Do meu quarto, eu podia perceber as chamas altas nos pântanos. O espetáculo era lindo e aterrorizante. Foi então que notei sua presença. Em pé no meio do jardim, descalça sobre a grama, com uma camisola branca, imóvel e sozinha. Sua silhueta se destacava como uma sombra enigmática ao clarão vacilante das chamas.

Estávamos em julho de 1994. No momento que eu observava a minha mãe de costas olhando a noite em chamas, um genocídio chegava ao fim em seu país natal. Eu não sabia de nada.

3.

Era o final do verão, um pouco antes da volta às aulas. Meus pais não tinham me prevenido de nada. A criança estava parada no meio da sala. Um menino franzino de olhar assustado. Um curativo espesso cobria parte da sua cabeça raspada. Estava completamente perdido e minha mãe se dirigia a ele em kinyarwanda, tentando acalmá-lo. Curvada na altura do rosto dele, ela apontava para mim com o dedo. Eu escutava meu nome entre suas palavras, que eu não compreendia. Então ela disse: "Milan, este é Claude, meu sobrinho". Essa frase não fazia nenhum sentido para mim. Meu pai se mantinha à distância, de braços cruzados, perto da porta. Ele também parecia desorientado. Minha mãe acrescentou: "Ele acabou de fazer uma longa viagem, está muito cansado. Você vai nos ajudar a acomodá-lo em seu quarto. Vamos colocar um colchão no chão por enquanto". Ela nos fez um sinal para segui-la. Meu pai disse que ficaria no térreo, preparando o jantar.

Meu quarto ficava no sótão, particularmente quente no verão, congelante no inverno. A criança e eu olhávamos minha mãe se agitar, sem fazermos nada. Ela arrumava minha bagunça às pressas, fazia minha cama, afastava roupas no meu armário para colocar as de Claude: duas camisetas, algumas cuecas e uma calça. O menino ficou perto dela, os braços caídos, perdido. Ele a olhava intensamente, se agarrava a ela como uma concha à sua rocha. Para ajudar, tirei um pequeno colchão do depósito, aquele em que eu dormia quando criança, e ajeitei no pé da minha cama. Quando tudo ficou pronto, ela se virou para nós, com as mãos na cintura. Dava para ver que estava sem ideias: "Bom... Claude não fala nada de francês, então conto com você para ensiná-lo", ela disse com um sorriso triste. Tenho a impressão de que, em seguida, explicou a mesma coisa ao Claude. Diante de sua ausência de reação, ela repetiu a frase com uma entonação interrogativa. A criança assentiu timidamente com a cabeça. "Deixo vocês se conhecendo. Vou ajudar o papai com o jantar. Chamamos quando estiver pronto."

Ela saiu do cômodo e Claude estremeceu ligeiramente. De pé no meio do quarto, como uma alma perdida pedindo ajuda, ele continuava com o olhar fixo na porta que ela havia fechado. Depois, muito lentamente, ele se virou para a janela com vista para um quadrado de céu dourado. Eu não sabia o que fazer. A situação era constrangedora, então pronunciei seu nome uma primeira vez. Meio ausente, com o olhar voltado para fora, ele continuava sem se mexer. Repeti mais alto: "Claude. Claude". Ele acabou saindo daquela contemplação. Dei batidinhas no meu colchão fazendo sinal para ele se aproximar e se sentar ao meu lado. Ele caminhou, sentou na beirada da cama, o mais longe possível de mim. Olhou de novo para a janela. Para quebrar o gelo, decidi colocar uma música. Escolhi o *best of* do Queen na pilha de CDs. Eu bem que tentei as faixas mais populares, "Another One Bites the Dust", "Don't Stop Me Now", "Bohemian Rhapsody", mas ele não se mexeu nem um centímetro. Optei por outra estratégia. Mudei de disco, aumentei o volume ao máximo e uma faixa nervosa do Rage Against the Machine surgiu das caixas de som. Na entrada da bateria, dei um pulo na cama, de lá saltei para a cadeira da minha escrivaninha fazendo uma demonstração selvagem de *air guitar*, uma das minhas grandes especialidades. Eu esperava que ele se descontraísse um pouco, embarcasse na minha viagem, mas ele se contentava em me observar, impassível. Eu girava, rolava no chão imitando o deslizar do *riff* do baixo e, ajoelhado no carpete, balançava raivosamente a cabeça para frente e para trás num *headbanging* furioso. Às vezes, eu estendia a mão para convidá-lo a embarcar no meu jogo frenético, mas ele continuava me olhando, inexpressivo. Continuei toda a música com a mesma intensidade, a tal ponto que, em alguns minutos, a situação se tornou claramente ridícula. Depois fiquei no chão por um tempo, deitado de costas, respirando ofegante. Foi então que tive outra ideia. Dessa vez, eu tinha certeza de que ele se interessaria! Vasculhei as gavetas da minha escrivaninha para encontrar meu Game Boy. Sentado ao seu lado, iniciei o jogo. Primeiro ele olhou a tela, Mário correndo da esquerda para a direita, pegando moedas, esmagando seus inimigos dando pulos em sua cabeça... Eu disse: "Quer jogar?". Como resposta, seu olhar começou a flanar, a passear pelas paredes do quarto cobertas de pôsteres do Nirvana, Metallica, Guns N' Roses, Freddie Mercury..., parando de novo na maldita janela. Desliguei o videogame, um pouco irritado, abandonando a esperança de despertar o interesse dele para o que quer que fosse. Atravessei o quarto, escancarei a janela, precisava de ar. Claude se levantou quase imediatamente, veio até mim e ficou plantado ao meu lado. Permanecemos assim por um longo tempo, encostados no parapeito, em silêncio, até a minha mãe nos chamar. Ficamos ali e nada se movia lá fora. A cidade estava calma, as ruas desertas, o ar quente, as nuvens rosadas. Era uma noite de fim de verão com perfume de glicínias.

Na mesa, Claude não tocou no prato. Ele estava completamente absorto pela televisão. Depois da última garfada, meu pai se levantou de pronto para desligá-la, depois foi para o quintal fumar um cigarro. Minha mãe insistia para que

Claude comesse um pouco. Ele permanecia imóvel. Eu perguntei: "Por que ele tem um curativo na cabeça?". Minha mãe respondeu: "Ele está com um ferimento grande". Ela agia como se não tivesse entendido a minha pergunta, então insisti: "Sim, mas por quê?". Ela se ergueu, um pouco incomodada, e pigarreou:

— Claude foi ferido na guerra em Ruanda. Ele veio se tratar na França.

— Como aconteceu?

— Não sabemos.

— E os pais dele, onde estão?

— Também não sabemos.

— Você disse que ele é seu sobrinho. Quer dizer que você tem uma irmã, um irmão?

Meu pai voltou à mesa. Claude continuava diante do prato, mudo, estático, com as pernas penduradas sob a cadeira. Minha mãe parecia contrariada com as minhas perguntas.

— Sobrinho é modo de dizer. É uma criança da minha família, e como ele é pequeno, digo que é sobrinho.

— Aliás, que idade tem o Claude?

— A mesma que você, doze anos.

Caí na risada.

— Não acredito em você! Ele, minha idade? Ele parece um guri de primeiro ano do Fundamental. Por outro lado, se ele nunca come nada...

— Chega, Milan! — disse meu pai de um jeito seco.

Minha mãe se levantou para tirar os pratos. Ela trouxe Danette de sobremesa, deixou um pote diante de Claude e insistiu uma última vez para ele comer. "Pior para você, você não sabe o que está perdendo", eu disse, abrindo o lacre. Comecei a saborear o pudim fechando os olhos e levando minha colher à boca em câmera lenta, como nas propagandas. Eu olhava o Claude, soltando uns "miam" de satisfação e esfregando a mão na barriga. Meus pais caíram na risada diante de um Claude imperturbável.

Na hora de dormir, eu lhe emprestei um dos meus pijamas velhos. Ele nadava dentro da roupa, era engraçado de ver. Mal havia se deitado, mergulhou num sono pesado. Quando minha mãe veio nos dar boa-noite, sentou-se perto dele para puxar o lençol até seu queixo.
— Tadinho, estava exausto.
— Mãe, me diz uma coisa, ele vai ficar muito tempo com a gente?
Ela fez uma longa pausa olhando-o dormir, depois respondeu:
— Ele vai ficar com a gente.
— Para sempre?
Minha mãe sorriu para mim com ternura.
— Você ia gostar, não é?
— Ah, sim! Você sabe muito bem que eu sempre sonhei em ter um irmão mais novo! — eu disse me ajeitando na cama, radiante de alegria.
Minha mãe continuava sorrindo para mim com ternura. Ela acariciou meu cabelo com a ponta dos dedos, depois pressionou o polegar na minha testa para desenhar uma cruz antes de desejar boa-noite e apagar a luz.
No escuro, eu olhava o teto, triunfante. Eu tinha um irmão! Eu tinha um irmão só para mim! Eu não era mais filho único. Nunca mais seria sozinho na vida. Quando ele soubesse falar francês, teríamos um monte de assuntos para conversar, poderíamos falar sobre música, esporte, videogames e até garotas. Eu contaria a ele sobre Nadège, sobre quando nos conhecemos nos corredores da escola durante uma simulação de incêndio, sobre os nossos encontros no estádio depois das aulas, sempre no mesmo banco, de frente para as quadras de basquete; contaria sobre as tardes que passáva-

mos ali, sentados de pernas cruzadas, ouvindo discos do Nirvana, compartilhando os fones de ouvido ou, ainda, sobre aqueles dias depois do suicídio de Kurt Cobain, que coincidiu estranhamente com o início dos massacres em Ruanda, a tristeza de Nadège depois da morte do seu ídolo, meu beijo para consolá-la, nosso primeiro beijo naquele mesmo banco, e o brilho mágico dos seus olhos, seu jeito tátil, seus dedos com as unhas roídas que cheiravam a perfume doce e tabaco frio, as imagens voluptuosas que sua boca e seu corpo desencadeavam secretamente em minhas noites e todas as vezes que, nesta mesma cama, eu havia inventado cenários eróticos que me levavam a ela, até o êxtase. Já Claude poderia me contar suas histórias de amor e de amizade, de traição e de brigas, suas paixões e desilusões, mas também de seu país, sua família, as lembranças de antes da guerra e tudo o mais, tudo o que ainda o impedia de falar. O que esperei desde sempre tinha acabado de se tornar real. Eu tinha um amigo, finalmente. Melhor ainda: um irmão. Embriagado de euforia, perdi a vontade de dormir. Conectei meus fones no aparelho de som, coloquei no ouvido e pus para tocar o álbum *Pablo Honey*, do Radiohead. Deitado de costas, com as mãos cruzadas atrás da cabeça, ouvi a música escrutinando a escuridão.

Foi bem mais tarde, quando o CD parou e eu já estava pegando no sono, que percebi os gemidos. Não me dei conta de imediato que eles vinham do quarto. De Claude. Eu me virei para o colchão dele para perguntar se estava tudo bem. Ele gemia como um animal ferido. Depois, ainda dormindo, começou a soluçar, primeiro pequenos soluços agudos, que se transformaram em choros violentos e guturais. Acendi meu abajur. Suas bochechas estavam molhadas de lágrimas, ele fungava e pronunciava em seu sono frases em kinyarwanda. Longas frases desesperadas e incompreensíveis, com algumas palavras que se repetiam sem cessar. Tive vontade de descer para avisar minha mãe, mas me lembrei que, dali em diante, éramos irmãos. Agora nosso laço estava selado. Eu devia protegê-lo como sem dúvida ele me protegeria no futuro. Se eu não fizesse isso, quem faria? Em seu rosto suado, eu podia ler um terror insano. Deitei-me em seu pequeno colchão e, como ele dormia de lado, colei meu corpo em suas costas. Passei meu braço direito em volta dele. Ele tremia, continuava soluçando e gemendo. Então comecei a sussurrar frases reconfortantes que queriam dizer "não tenha medo, estou aqui". Repeti essas frases no auge de suas convulsões, murmurei essas palavras centenas de vezes até ele se acalmar e nossas respirações acabarem se sintonizando lentamente. De manhãzinha, minha mãe nos encontrou adormecidos no colchão, abraçados um ao outro. Como irmãos.

4.

Repetir de ano é uma humilhação. Na escola, eu me via cercado por anões, gnomos e duendes que mal haviam saído do Fundamental I. Prometi a mim mesmo que nunca mais fracassaria na vida. Melhor, decidi ser o aluno mais brilhante, me dedicar a estudos de alto nível, alcançar a minha independência financeira o mais rápido possível para escapar dos meus pais e daquela casa onde eu nunca havia me sentido em casa.

Minha mãe tinha contratado uma vendedora para ajudar na loja, pois precisava cuidar do Claude. Ela o levava para fazer exames médicos, ia com ele a compromissos na prefeitura e a entrevistas no departamento de imigração para resolver inúmeras questões administrativas. No resto do tempo, Claude ficava com ela na loja, assistindo a uma pequena TV nos fundos. À noite, enquanto eu fazia meus deveres de casa no quarto, minha mãe e Claude se sentavam com muita seriedade à mesa da cozinha para as lições de francês, que nunca duravam mais de trinta minutos, pois logo Claude ficava com dor de cabeça. Fora isso, ele havia começado a comer com apetite, bebia litros de leite, explorava sozinho a casa e o quintal. Ainda não podíamos ir à quadra para uma partida de futebol ou basquete por causa do ferimento, mas ele adorava se sentar ao meu lado para me ver jogando Game Boy.

À noite, ele continuava chorando durante o sono, eu me deitava ao seu lado e isso tinha o poder de acalmá-lo. Um dia, no jantar, ele finalmente provou o Danette. Seus olhos se arregalaram de prazer e todos rimos quando eu disse "miam" e ele fez sinal de legal com o polegar. Dias depois, quando estava sozinho em casa, enquanto fazíamos compras, ele abriu a geladeira e devorou uma dezena de potes. Quando o encontramos, deitado no sofá com a calça desabotoada, a barriga estufada de tanto pudim de baunilha, todas as sobremesas espalhadas ao redor dele, minha mãe o repreendeu franzindo os lábios para não rir. Ele continuava mudo, mas seu olhar estava mais vivo. Ele não tinha mais aquelas ausências e contemplações do início. Eu punha meus discos de rock para ele ouvir, dançava na frente dele como um louco e às vezes ele batia umas palmas tímidas.

Já havia algum tempo que era minha mãe quem fazia o curativo do Claude, não mais o enfermeiro. Uma noite, no horário habitual do banho, ao empurrar a porta do banheiro, encontrei Claude sem camisa, sentado num banquinho. Corpo magro, costelas visíveis, omoplatas salientes. A curva das costas e a protuberância atrás da cabeça desenhavam uma linha que lembrava uma cobra ereta. Minha mãe estava concentrada em tirar o curativo e trocar as compressas sujas. A luz branca do banheiro dava à cena um aspecto de sala cirúrgica. Ela tirou a última compressa e então a ferida apareceu. Um buraco aberto, escorrendo, em carne de um vermelho-vivo e um contorno escuro. Uma incisão tão profunda que me deu medo de ver surgir um pedaço do cérebro dele. Com delicadeza, minha mãe aplicava uma solução antisséptica. Claude, estoico, olhava fixamente os azulejos. Eu estava horrorizado com a gravidade da ferida. Gaguejando, ousei perguntar à minha mãe a razão daquele corte horrendo. "Não sabemos", ela respondeu, prosseguindo com a operação com gestos seguros e precisos. "Como ele não fala, não sabemos." Ela me pediu para lhe passar uma caixa de compressas que estava em uma prateleira atrás de mim. Eu não conseguia mais desviar os olhos daquele buraco. Com sua expressão imperturbável, Claude aparecia para mim como um super-humano, um ciborgue desprovido de dor. "Sabe o que eu estava pensando, Milan?", disse minha mãe cortando o esparadrapo. "Amanhã, como não tem aula à tarde, saindo do colégio, você pode passar na loja para pegar Claude e vocês irem juntos ao parque de diversões, no estacionamento da Place de l'Europe."

Naquela noite, enquanto Claude chorava em seu sono, me voltaram à mente flashes de imagens televisionadas na primavera anterior. Massacres a facas, corpos inchados e pálidos boiando nos rios e lagos, igrejas com cadáveres empilhados no chão. Claude se escondia em algum lugar naquelas imagens que eu havia rejeitado, que pertenciam a uma ficção alucinada, distante e desencarnada. Estávamos, meus pais e eu, sentados à mesa na hora do jantar, silenciosos e distantes, como que indiferentes aos pedidos de ajuda que provinham de um mundo que não era o nosso. Então o abracei mais forte, como que para me desculpar por não tê-lo visto, por não tê-lo ouvido, por não ter estado lá para ele.

No dia seguinte, passei para buscar Claude e levá-lo ao parque de diversões. Minha mãe me fez prometer que evitaríamos os carrinhos bate-bate, por causa do ferimento. Eu tinha combinado com a Nadège de nos encontrarmos no ponto de ônibus em frente ao parque. Eu a reconheci de longe graças ao cabelo rosa e ao seu look grunge que se destacavam na multidão. O clima ameno do outono incitava as pessoas a saírem, as ruas de Versailles estavam animadas e o trânsito intenso. Nadège se abaixou para cumprimentar Claude, que pareceu surpreso, depois se virou para mim e me deu uma beijoca. Nadège tinha quase catorze anos, ela tivera outros namoradinhos, estava mais à vontade. Já eu não estava acostumado, sair com uma garota era novidade, então, para disfarçar meu embaraço, bati palmas:

— Por onde começamos?
— Viver rápido, morrer jovem e ser um cadáver atraente! — respondeu Nadège, estirando a língua e fazendo sinal de metaleiro, antes de acrescentar: — Ou outra coisa, tá ótimo também.
Eu andava entre Nadège e Claude. Ela me dava o braço esquerdo e ele, a mão direita. Eu estava em êxtase. Acompanhado das duas pessoas que eu mais amava no mundo. Seguíamos todos os três em direção à cacofonia da festa, seu amontoado indigesto de decibéis, o eco das vozes anasaladas dos vendedores do parque, luzes berrantes, poças de vômito na saída dos brinquedos e os cheiros açucarados de churros, maçãs do amor e waffles. Nadège estava intrigada com o enorme curativo que cobria a cabeça de Claude.
— É grave? — ela perguntou, tocando na própria testa.
— É sim... Um corte comprido assim — eu disse, afastando meu polegar e meu indicador ao máximo. — Mas não sabemos o que aconteceu. Ele não fala, fica o tempo todo calmo e silencioso.
— Melhor assim, pra variar um pouco do meu mano.

Eu não quis lhe revelar a idade de Claude. Eu adorava a ideia de ter um irmão caçula, de ser o mais velho protetor. Nadège parou na frente do bate-bate. Um bando de garotos bagunceiros, com o cabelo empastado de gel, batia seus carrinhos ao som vagabundo de um hit de Eurodance.
— Pode esquecer — eu disse. — É muito perigoso para o ferimento dele.
— Sem problemas, a música é podre mesmo.
Claude andava com os olhos bem abertos, sem perder nada do espetáculo das lâmpadas multicoloridas, dos flashes estroboscópicos, da profusão de efeitos luminosos, das barracas de doce, das crianças subindo e descendo nos cavalos de madeira do carrossel, dos gritos de pavor das pessoas nas

atrações mais radicais. Ele parou na frente do Chapéu Mexicano indicando sua preferência. Comprei três ingressos, nos acomodamos nos assentos e o sinal de partida soou num jingle estrondoso. Quando o operador gritou "Partiiiu!" ao som da música "The Rhythm of the Night", do Corona, as correntes metálicas começaram a se esticar, nossos pés a decolar do chão e as cadeiras a se inclinar para fora, levadas pela força centrífuga. O chapéu girava cada vez mais rápido, a música nos ensurdecia, o operador balbuciava frases anasaladas ininteligíveis, amplificadas por uma reverberação sonora. Eu estava preocupado com o Claude, suas mãos estavam petrificadas em torno das correntes. Nadège gritava e jogava os braços para o ar. O ritmo se acelerava cada vez mais, Claude fechou os olhos. Nadège urrava para o céu, seu cabelo serpenteava ao vento. Com a velocidade, eu não via mais do que formas confusas, o mundo desaparecia num espiral borrado de sons e luzes. Quando o brinquedo parou, corri em direção ao Claude. Sentado em seu assento, a cabeça baixa e os olhos fechados, ele estava tomado por convulsões.

— Tudo bem, Claude? Me desculpe, me desculpe...

— Não encana — disse Nadège. — Ele não está chorando. O moleque está literalmente tendo uma crise de riso.

De fato, Claude estava dobrado em dois, ele chorava de rir segurando a barriga.

— Não pode ser... Minha mãe não vai acreditar nisso nunca.

Depois do trem-fantasma e dos jogos de fliperama, não me restava mais do que algumas moedas para uma rodada na barraca de tiro. Enquanto eu me concentrava para mirar nos balões voadores dentro de uma caixa, Nadège e Claude arrancavam lascas de algodão-doce que engoliam com avidez. Eu errava todos os meus tiros e Claude estava decepcionado. Ele nos mostrava insistentemente um urso de pelúcia. Depois de ter desperdiçado todas as minhas chances, eu lhe expliquei que não tinha mais dinheiro, que não podia comprar o urso. Ele continuava puxando a manga da minha camisa, apontando o urso. "Você já passou da idade dos ursinhos de pelúcia, meu caro!", eu disse secamente, pegando a mão dele para voltarmos. Ele estava triste, dava para perceber. Sua alegria das últimas horas acabava de ir para os ares; no caminho de volta, aquilo não passava de uma bela lembrança.

Pouco antes das férias da Toussaint,[1] minha mãe devia levar Claude por três dias a Bruxelas para visitar sua "família distante". Gostaria de ter ido junto, mas era no meio da semana e eu não podia perder aula. Na noite prevista para o retorno, já passava da meia-noite quando escutei a campainha. Não conseguia dormir, estava fazia horas andando de um lado para outro de tanta ansiedade. Corri escada abaixo e gritei para o meu pai me deixar abrir a porta. Eu tinha uma surpresa para o Claude: Nadège tinha voltado ao parque para estourar todos os balões e pegar o urso. Mas, ao abrir a porta, encontrei minha mãe sozinha com sua mala, na marquise da porta de entrada.

— Onde está o Claude?
— Boa noite, primeiro. Como é que você ainda não está dormindo? Afaste-se um pouco, me deixe entrar.

Ela beijou meu pai, pôs a mala no chão e se virou para mim.

— Onde está o Claude? — repeti, contendo uma raiva que eu sentia crescer como uma torrente.
— Sente-se, Milan.
— Não, me responda, mãe.

As lágrimas brotavam em meus olhos em razão de um mau pressentimento.

---

[1] Pausa escolar de duas semanas em torno do feriado cristão do Dia de Todos os Santos, celebrado em 1º de novembro. (N. da T.)

— Claude voltou para Ruanda. Encontraram sobreviventes da família dele. Ele não podia ficar conosco, Milan.
Eu estava com os punhos cerrados de raiva. Lágrimas enormes transbordaram e se espatifaram no piso de azulejo. Com a voz trêmula, eu disse:
— Você tinha prometido que ele ficaria. Você tinha me dito que agora eu tinha um irmão.
— Mas o que você está dizendo, Milan? A gente pensava que ele era órfão e, no fim das contas, encontramos a família do Claude. Ele vai ficar melhor lá...
— Você mentiu pra mim! — gritei.
Saí batendo a porta e corri pelas ruas, sem rumo, para fugir, longe daquela casa, longe dos seus silêncios cheios de mentiras e fingimentos, daqueles estranhos que se diziam meus pais. Meu pai gritava atrás de mim, me mandando parar. Quando entrei na rua que margeava a cerca de arame da estação de trem, virei a cabeça e o vi correndo de pijama e pantufa. "Volte agora, Milan!" O sinal de partida do último trem do subúrbio em direção a Paris soou. Eu acelerei, escalei os degraus da estação de quatro em quatro. O trem não estava a mais do que vinte, dez, cinco metros, eu me joguei no primeiro vagão e as portas se fecharam logo atrás de mim. Meu pai, que me seguia de perto, tentou abri-las, em vão, ele batia com os punhos no vidro, gritava ao maquinista para não partir, mas o trem, inflexível, se pôs em marcha com seu peso, e se foi noite adentro. Eu estava sozinho no vagão, o trem me sacolejava, as luzes acendiam e apagavam intermitentemente e cada mudança de trilho provocava rangidos estridentes e faíscas nas catenárias. Eu me sentei perto da janela, com o urso de Claude sobre os joelhos. Meu corpo inteiro tremia de raiva. Entre as estações Saint-Cloud e La Défense, Paris apareceu na janela, em toda sua extensão, a torre Eiffel no centro, com seu feixe de luz girando como um farol para os desgarrados da minha espécie. Pouco a pouco, voltei

a mim, eu não sabia o que estava fazendo ali, naquele trem, naquela noite, naquela cidade, naquela vida; não queria nunca mais voltar para casa, eu sonhava em fugir para sempre em direção a lagos desconhecidos, pontilhados de ilhas selvagens e paisagens distantes banhadas de luz.

    Na estação Saint-Lazare, a polícia ferroviária me esperava. Meu pai deve ter dado o aviso e dois agentes me levaram para casa. Quando meus pais abriram a porta, corri para o meu quarto sem olhar para eles, sem falar com eles, e me tranquei lá. A cama de Claude havia desaparecido. Então joguei meu colchão no chão, enfiei minha cabeça debaixo do travesseiro e voltei a chorar abraçando o urso. Eu sentia no mais profundo do meu ser que, naquele momento, onde quer que estivesse, acordado ou dormindo, Claude também chorava, e ninguém estava lá para tranquilizá-lo, reconfortá-lo, sussurrar para ele que no dia seguinte tudo ficaria bem.

    Depois disso, e durante anos, não se falou mais de Claude em casa. Ele desapareceu de nossa vida tão rápido quanto havia entrado.

5.

1998

Eu tinha dezesseis anos quando meus pais disseram que estavam se divorciando. Uma noite, à mesa, entre uma conversa e outra, pronunciaram esta frase com um tom solene: "Precisamos falar com você, Milan". Eu logo entendi. Sabia que meu pai estava dormindo havia meses no sofá-cama do quartinho que lhe servia de escritório. Minha mãe pegou o controle e cortou o som da TV. Eles falaram sobre questões práticas, evitando habilmente os motivos da separação, sem se interessar pelo que eu poderia estar sentindo. O caso estava fechado, registrado, encerrado. Do jeito que eles sempre faziam. Naquela noite, quando falei com a Nadège ao telefone, ela me disse para ficar feliz, que eu seria muito mais livre agora e que, de todo modo, eu sempre fui o primeiro a reclamar da minha família. Eu não sabia como lhe explicar a minha sensação de ter sido subitamente ejetado da minha infância, e de ter vivido a vida inteira numa ficção de harmonia e equilíbrio, numa pseudofamília margarina com os mesmos rituais vãos, os mesmos hábitos repetidos, os mesmo anos escolares insípidos se sucedendo uns aos outros, as mesmas conversas superficiais, as mesmas questões esvaziadas de sentido e suas respostas prontas, as mesmas formas grotescas de ostentar a imagem de uma existência que parecia um mar sem ondas. Mas, claro, eu não disse nada disso, sabia que Nadège responderia que eu deveria me considerar sortudo, e me daria, em contraponto, o exemplo da sua família disfuncional, seu pai tirânico, sua mãe submissa e seu irmão fascista e manipulador.

Quando meus pais acabaram de enumerar os detalhes do divórcio e suas implicações práticas na minha vida, meu pai, aliviado, levantou-se para se esticar, depois procurou o maço de cigarros nos bolsos antes de lembrar que tinha parado de fumar pouco antes.

— Eu acho que você entendeu tudo, Milan. Tem alguma dúvida? — ele me perguntou, como um professor que acaba de fazer a demonstração de um problema na lousa.

Eu olhava fixamente, sobre a cômoda, a foto dos meus pais antes do meu nascimento. Ela, sonhadora, sentada à beira de uma piscina, ele ao lado, sorrindo para a câmera, com a cabeça fora da água e os antebraços apoiados na borda. Como crianças. Eu adorava aquela foto, a felicidade simples que emanava dela. Eu não sabia nada do contexto em que ela havia sido tirada, e não era o melhor momento para perguntar.

— Tem alguma dúvida? — repetiu meu pai.

— Não, não, tudo certo... — resmunguei, dando de ombros.

Inútil acrescentar o que quer que fosse, não mudaria nada na decisão deles.

— Philippe, temos que falar também das férias de verão — emendou minha mãe.

— Ah, sim, é verdade, eu ia esquecendo. Então... Nesse verão, como o vovô está doente, não vamos à ilha de Ré. De todo modo, preciso trabalhar, tenho trabalhos importantes para entregar em setembro, mas vamos nós dois esquiar no inverno. Enquanto isso, eu e a sua mãe pensamos que em julho...

— Você poderia vir comigo — interrompeu minha mãe. — Me acompanhar, para conhecer minha família, em Ruanda. O que você acha?

Recebi a pergunta como uma descarga elétrica. Ruanda reaparecia subitamente, quatro anos depois. Não falamos sequer uma vez a respeito e, de repente, minha mãe me convida para ir com ela até lá. Senti uma velha contrariedade ressurgir, assumir o controle da minha mente e do meu espírito.

— Não, não quero ir não.

— Como assim você não quer ir? — retorquiu meu pai, surpreso.

— Vocês estão me perguntando, eu estou respondendo. Era uma pergunta ou uma ordem?

— Você não quer conhecer sua família? — perguntou meu pai.

— Não é a minha família, é a família da mamãe. Aliás, se você escutou bem a frase dela, ela acabou de dizer "minha" família.

— Você está de má vontade, Milan — disse meu pai, irritado.

— Deixa pra lá, Philippe. Eu vou sozinha. Era apenas uma sugestão, de todo modo.

— Como você quiser, Venancia. Mas o que ele vai fazer nesse verão? Eu vou trabalhar o tempo todo e meus pais não podem ficar com ele.

— Não se preocupem comigo, vou ficar por aqui.

— Dois meses em casa? Sem programação? Fora de cogitação — disse meu pai.

Quando contei à Nadège por telefone, ela literalmente gritou comigo.

— Te convidam pra ir a um país que você não conhece, e não é qualquer país não, é o da sua mãe, das suas origens, pra você conhecer sua família e você... você... você prefere perambular em Versailles Rive Droite[2] o verão inteiro como

---

[2] Última estação da linha de trem que parte de Paris Saint-Lazare, localizada na margem direita do rio Sena. (N. da T.)

um condenado! Você é tonto ou está fazendo de propósito? Às vezes, você realmente me faz pensar no idiota do meu irmão.

Essa última comparação bateu forte, pois o irmão dela era de fato o maior idiota que eu conhecia.

— É uma oportunidade única e você estraga tudo. Cara, é o seguinte, agora você vai me ouvir: ou você se manda pra lá com a sua coroa, ou você pode esquecer que eu existo nesse verão.

Um mês depois, eu estava sentado ao lado da minha mãe em um avião que aterrissava na pista do aeroporto de Kigali, capital de Ruanda. Era julho de 1998.

6.

O táxi atravessava uma cidade ocre com a paisagem queimada pela estação seca, salpicada aqui e acolá por bosques verdes. Na pista esburacada, o carro sacolejava, as rodas levantavam uma laterita vaporosa e sufocante que se espalhava numa névoa de poeira sobre os infelizes pedestres, sobre as fachadas dos prédios e a vegetação ao redor. Para onde quer que se olhasse, a cidade se desdobrava em curvas delicadas, ondulava em colinas e vales. Minha mãe, silenciosa, olhava pela janela. Fazia vinte e cinco anos que ela não voltava ao seu país. Em que ela estava pensando? Desde o início da viagem, quase não dirigimos a palavra um ao outro. Em vez de alegrá-la, minha decisão de última hora de acompanhá-la a Ruanda a havia contrariado, e eu não ousava fazer nenhuma pergunta. Eu não sabia o que ela tinha planejado fazer aqui nem na casa de quem nos hospedaríamos. A única coisa que ela me disse ao aterrissarmos foi para não me comportar como uma criança mimada durante aquelas férias.

O táxi estacionou em frente a um pequeno portão corroído pela ferrugem, num bairro que me pareceu populoso e miserável. Canaletas de água suja corriam entre as casas de telhado de zinco, sacos plásticos boiavam nas valetas e pairavam sobre as estradas de terra batida, uma fina camada de poeira vermelha havia se acumulado por toda parte.

Uma mulher idosa veio ao nosso encontro: vestido longo, óculos de lentes grossas e um corte de cabelo convencional com mechas oleosas que lhe dava um ar severo. Ela e minha mãe se abraçaram por um longo tempo, peito com peito, tocando os braços e as costas uma da outra, murmurando uma ladainha de saudações em kinyarwanda. A mulher então se virou para mim, fez uma pausa para me observar da cabeça aos pés, lágrimas brotaram muito discretamente dos seus olhos por trás dos óculos bifocais, depois me beijou por mais tempo ainda, repetindo meu nome e recitando novas preces que eu obviamente não entendia. Eu estava sem palavras diante daquele abraço apertado. Minha mãe disse: "Milan, esta é Mami. É minha mãe". Foi tão brutal e irreal que a informação demorou para chegar ao meu cérebro.

Já estávamos na pequena casa de Mami quando entendi que ela era minha avó. Minha mãe nunca tinha me falado dela e eu estava anestesiado por conhecê-la assim tão subitamente. Uma moça empregada da casa veio pegar nossas malas enquanto nos acomodávamos na sala de estar. No cômodo apertado, me sentei numa poltrona de frente para a minha avó. Ela me encarava com espanto, uma mão cobrindo a boca, fazendo um barulhinho na garganta que lembrava um ronco de motor, "hum hum hum hum hum". Mergulhado no desconhecido, eu não sabia como agir e me comportar. Pela primeira vez, senti de repente a confusão das origens. Eu era portador de um mistério, de uma filiação com mil ramificações que essa pequena mulher, tão distante de mim, encarnava como uma nova evidência.

Após esses instantes de descoberta e observação recíproca, Mami falou comigo em francês, para minha grande surpresa:

— O que você gostaria de beber?

Ela me tratava com formalidade.

— Água, por favor — respondi depois de limpar a garganta, adotando um tom de criança bem-comportada.

Minha avó disse algumas palavras rápidas à minha mãe em kinyarwanda.

— Mami gostaria que você tomasse uma Fanta ou uma Coca — explicou minha mãe.

Depois ela acrescentou, como se falasse comigo em privado:

— É mais educado.

— Está bem, uma Coca — pedi, sem entender muito bem por que isso seria mais educado.

Minha avó sorriu, satisfeita, depois chamou a jovem empregada da casa: "Joséphine!". A menina chegou imediatamente, suas sandálias arrastando no cimento. Mami lhe fez o pedido, lhe deu algumas notas tiradas do sutiã e a mandou comprar as bebidas. Enquanto Mami e minha mãe conversavam calmamente em kinyarwanda como se tivessem se visto na véspera, eu observava a sala, um cômodo escuro com janelas minúsculas gradeadas com espessas barras de ferro, teto baixo e paredes nuas, exceto por algumas imagens religiosas. A sensação de estreiteza era reforçada pela presença de grandes móveis de madeira: uma mesa cercada por cadeiras desemparelhadas, uma cristaleira com algumas vidraças partidas, três poltronas vetustas em couro sintético e um sofá coberto por um plástico. Era fim de tarde e lá fora a luz arrefecia rapidamente. Reunidas depois de um quarto de século, mãe e filha continuavam conversando a meia voz. Eu vivia fora daquele espaço de comunicação. Elas se falavam com vozes monótonas e suas trocas eram pontuadas por interjeições feitas de "hum", "hé", "yo", como sinais de educação ou de aprovação que pareciam querer dizer "estou ouvindo, estou aqui, estou acompanhando a história...". Eu percebia em Mami a mesma reserva da minha mãe. Uma forma de comedimento controlado que beirava a rigidez.

A menina voltou, abriu as garrafas uma por uma, uma Coca e duas Fantas Laranja. A noite caiu bruscamente. Estávamos agora no escuro. Joséphine trouxe uma lâmpada de querosene e a apoiou sobre a mesa de centro. Ela fazia idas e vindas incessantes, a fim de buscar utensílios de cozinha no armário sob o olhar autoritário da minha avó. No pátio, que eu podia vislumbrar de onde estava sentado, eu a observava ocupada com algumas panelas cozinhando sobre a brasa. Quando eu pedi para ir ao banheiro, minha avó chamou de novo Joséphine, para me indicar o caminho. Eu segui a moça e ela apontou no fundo do pátio uma porta de ferro, que fechava por dentro com a ajuda de um prego basculante. Quando entrei, um cheiro forte de excrementos e urina atacou minhas narinas. No cômodo, fracamente iluminado por uma vela posta em um nicho na parede, notei logo as baratas e as moscas enormes ao redor do buraco repugnante que as lagartixas imóveis observavam do teto. Perdido, comecei a me perguntar que diabos estava fazendo ali, naquele lugar pestilento. Tudo me bloqueava: o cheiro nauseabundo, os insetos na penumbra, a textura úmida e imprecisa das paredes, do chão e do teto. Foi quando ouvi exclamações e uma voz de homem vinda da sala. Ainda concentrado, respirando pela boca para não inalar os miasmas de cheiros repugnantes que penetravam, apesar de tudo, minha garganta e meus pulmões, senti um enjoo tão forte que precisei colocar a mão na frente da boca para evitar o vômito. Então desisti, eu conseguia esperar mais um pouco, no fim das contas. Fechei o zíper às pressas para escapar para sempre daquele local.

    Um jovem elegante estava em pé no meio da sala. Ele falava em kinyarwanda com a minha mãe e lhe entregou um envelope com bordas azul, branca e vermelha. Quando ele se virou, olhou para mim e disse:

— Milan, como vai?

— Tudo bem — respondi, um pouco hesitante.

Ele fez um leve movimento com a cabeça e ali, na luz pálida da sala, percebi o corte espesso que fendia sua cabeça.

— Não está me reconhecendo? — ele perguntou sorrindo.

Eu não ousava pronunciar seu nome. O choque era muito brutal. Mais uma vez, minha mãe não havia me preparado para nada. Diante do meu silêncio atônito, ele continuou:
— Sou eu, Claude.

O garotinho havia desaparecido. Claude era agora tão alto quanto eu, tinha o corpo delgado e atlético, e falava com uma voz grave, doce e firme. Eu permanecia em silêncio, levemente perturbado com essa aparição, esse retorno do passado.

— Parabéns por seu francês impecável — exclamou minha mãe.

— O colégio dos jesuítas é o melhor para aprender francês — explicou minha vó. — Muita disciplina.

Antes do jantar, minha avó pediu que déssemos as mãos para fazermos a oração, rendendo graças a Deus por nos reunir depois de tantos anos. Em seguida, iniciamos uma refeição composta de arroz, feijão-vermelho com manteiga rançosa e um molho de tomate com carne de boi. A lembrança das latrinas no fundo do pátio me cortava o apetite, mas Mami repetia "coma, coma", a cada dois minutos, me olhando com uma ternura que ela guardava só para mim e que eu achava um tanto sufocante. A conversa em kinyarwanda entre minha mãe, Claude e Mami era obscura e entrecortada por silêncios longos e pesados. Naquela noite de reencontros sem risos nem comoções, as conversas eram tão monótonas que o tempo parecia estar congelado. Eu lutava para conter bocejos inoportunos. Anoitecera apenas duas horas antes, mas entre a meia escuridão e a calma das discussões, eu tinha a sensação de que já era muito tarde. Então, vendo meu cansaço, minha mãe me incentivou a ir dormir.

O quarto, o de Claude, era um cômodo apertado e espartano, com uma cama de solteiro e roupas empilhadas em grandes sacos de lona. Eu me deitei sobre o colchão de espuma afundado no centro e, vencido pelo cansaço e pelas emoções do dia, logo adormeci. Bem mais tarde, no meio da noite, senti Claude chegar na cama. Devido à forma do colchão, ficamos encostados um ao outro numa proximidade constrangedora para garotos de nossa idade. Eu sentia sua respiração quente em meu rosto. Virei a cabeça para a parede. Agora eu estava acordado, mas não ousava me mexer. Por causa do calor, dos mosquitos e da promiscuidade daquela cama desconfortável, era impossível voltar a dormir.

Foi uma longa noite me perguntando o que eu estava fazendo ali. Minha presença naquele lugar me parecia irreal, uma experiência de uma estranheza próxima ao sonho. Eu estava desnorteado no sentido próprio do termo, era terrível e estimulante ao mesmo tempo, eu queria fugir por medo do desconhecido e ficar para descobrir aquele novo mundo. Nas primeiras luzes do dia, enquanto ressoava o chamado da prece de uma mesquita bem próxima, senti meu corpo se descontrair e, finalmente, o sono retornar.

7.

Devo ter dormido por muito tempo, pois, ao acordar, não havia mais ninguém, apenas Joséphine varrendo o pátio. Pensei em tomar banho, mas quando ela levou uma bacia de plástico cheia de água quente para a frente da porta das latrinas, entendi que aquele lugar ignóbil também era o local do banho. Estava além das minhas forças, então permaneci ali o tempo de esvaziar a bexiga prendendo a respiração, antes de passar uma água no rosto usando a torneira do quintal e de pôr novamente minhas roupas do dia anterior. Depois voltei a me deitar na cama para folhear um mangá, com meu walkman no ouvido. Claude chegou no fim da manhã e me entregou um papel com um recado da minha mãe: "Milan, não quis te acordar. Vou fazer um bate-volta a Butare para pegar uns documentos importantes. Te vejo à noite. Mamãe".

— O que é Butare?
— Uma cidade do Sul. A região da sua mãe.
— Ah...
— O que você tá fazendo?
— Nada. Você sabe onde posso trocar dinheiro? Tenho alguns francos franceses.
— Sei... Coloque seu sapato e venha comigo. Tenho de fazer umas compras no bairro.

Saltei da cama, pus meus tênis, enfiei parte do dinheiro na minha meia direita e saímos, sob o sol do meio-dia e a luminosidade esbranquiçada da estação seca que me fazia franzir os olhos. Havia bastante gente, muito trânsito, e por todo lado aquela poeira vermelha e volátil que irritava minha garganta. Subimos uma longa avenida sem calçada. Eu tentava tomar cuidado com as bocas de esgoto escancaradas, as sarjetas profundas entulhadas de imundícies, os carros e micro-ônibus que passavam de raspão e buzinavam sem parar. Na frente de uma farmácia, Claude me disse para esperar do lado de fora. Imediatamente, uma criança suja, de pés descalços, esfarrapada, com feridas na cabeça, guiando um velho cego de olhos purulentos e dentes apodrecidos, se aproximou de mim para pedir dinheiro. A criança insistia, conduzia a mão do velhote para que ele tocasse meu braço. O pequeno repetia sem parar "me dê dinheiro, me dê dinheiro". Transeuntes paravam e observavam a cena com curiosidade. Eu dizia não, mas a criança insistia e o velhote não me soltava. Eu estava começando a me desesperar, pois uma pequena multidão se formava ao nosso redor, rindo e comentando a situação. Eu pensava nas poucas notas dentro da minha meia, mas eu não podia tirá-las diante de todos aqueles olhares voltados para mim. Quando Claude voltou, expulsou os mendigos com autoridade e seguimos o nosso caminho, pondo fim ao espetáculo. Por todo lugar que passávamos, as pessoas me olhavam sem constrangimento, viravam o rosto quando eu passava, continuavam me olhando até quando eu já estava longe, ou interrompiam suas conversas para me encarar, impassíveis, sem hostilidade aparente, mas também sem simpatia, o olhar penetrante e, na maior parte das vezes, admirado. Era desconcertante e opressor.

— Por que todo mundo fica me encarando?
— Como é?
— Repare, tá todo mundo me encarando, é sinistro! Por que estão fazendo isso?
— Ah, é isso... É porque você é branco.

— Branco? De jeito nenhum. Eu sou tão branco quanto preto.
— Que história é essa? Você é branco. Branco puro. Como sua mãe, aliás. Ela é uma negra que virou branca.
— Nada a ver... Minha mãe é tão negra quanto você.
— Sua mãe, só pelo jeito dela, pelo andar, pelas roupas, a gente sabe muito bem que ela é branca. É como você, não dá pra esconder. Tem que aceitar, é simples, não precisa ficar ofendido.
— Não estou ofendido. Estou apenas dizendo que sou mestiço.
— Quê?
— Eu sou mestiço.
— Ah, tá bom, mestiço... Esqueça isso. Você é um *muzungu*.[3] Branco como a neve, simples assim. Mestiço, isso não existe.

Havíamos saído da grande avenida asfaltada, descido estradas de terra, para nos embrenhar em bairros ainda mais densos, aglomerados de pequenas casas de cimento ou taipa com telhados de zinco ondulado, todas apertadas umas contra as outras. Após dezenas de barracas que vendiam pilhas, papel-toalha, sal e bebidas, alguns salões de beleza, um açougue, uma ou duas lojas de material de construção e uma oficina mecânica com o chão encharcado de óleo de motor, paramos na frente de uma pequena casa, apenas identificável por seu terraço que dava para a rua, fechado por grades espessas. Já dentro, Claude enviou um garotinho à procura de um certo Papi.

— O tal Papi vai trocar o dinheiro pra você. Pode confiar nele.

O rapaz chegou apenas com uma toalha enrolada na

---

[3] Termo kinyarwanda para designar pessoas brancas, geralmente europeias. (N. da T.)

cintura. Com o olhar sonolento e a pele da bochecha marcada pelo travesseiro, ele parecia ter sido arrancado da sua sesta. Após algumas palavras que lembravam vagamente uma negociação, o sujeito saiu do terraço e depois voltou com uma calculadora e um saquinho plástico abarrotado de francos ruandeses. Ele bateu rápido e forte sobre as teclas grandes da máquina, e pôs sob meus olhos um número cheio de zeros. Assenti com a cabeça, sem ter ideia da taxa de câmbio, apenas confiando na recomendação do Claude. Uma vez a transação efetuada, saí com um envelope de papel kraft recheado de cédulas. Claude me disse para ficar atento e esconder o envelope debaixo da camiseta. Caminhamos alguns metros na rua, onde ele cumprimentava todo mundo como um político local, e bifurcamos num beco lamacento com fedor de urina, espécie de corredor extenso com muros rebocados cobertos por cacos de garrafa. A passagem terminava num pátio vasto ladeado de casas num estado lastimável. Um grande abacateiro plantado no centro trazia um pouco de alegria àquele cenário miserável de barracos com pintura descascada. Rádios chiavam a cada canto do terreno e um enxame de crianças, meninos e meninas, com idade entre oito e vinte anos, me olhavam com espanto. O chão do pátio era um caos de objetos heteróclitos, uma confusão inimaginável de peças desencaixadas, motores, chassis, pneus de caminhão, pilhas de sucata, geladeiras, tábuas meio podres, cadeiras quebradas, garrafões amarelos e lonas de plástico da ACNUR. Parecia que um furacão tinha passado por um bazar. Meninos sentados no chão fabricavam carrinhos com arame de ferro, elásticos de borracha e tampas de garrafa, enquanto outros, trepados no telhado, tentavam empinar pipas de sacos plásticos. Num canto, jovens sem camisa faziam musculação com alteres de cimento moldados em latas de conserva, outros, deitados em esteiras à sombra da árvore, cochilavam ou cheiravam cola. Acompanhei Claude numa das pequenas casas. Precisei de alguns segundos para me adaptar à escuridão e ao cheiro de mofo. Depois alguém tossiu e notei um homem com seus vinte e poucos anos, deitado sobre uma cama surrada. Ao redor dele, uma quantidade monstruosa de fitas VHS, discos e principalmente livros entulhavam o cômodo do chão ao teto. Claude deu alguns pacotes de medicamento ao homem, que se encostou na parede. Com bochechas afundadas, cabeça raspada, corpo seco e um jeito de detento, achei o desconhecido meio perturbador. Com um discreto sorriso nos lábios, ele fez sinal para nos sentarmos em dois banquinhos jogados por ali. Ele tinha uma voz grave, áspera, e uma dicção lenta, quase compassada.

— Como você se chama?

— Milan — respondi, sem ter certeza de que ele falava comigo devido ao seu forte estrabismo no olho esquerdo.

— Como Milan Kundera — ele disse com certa empáfia.

— É isso.

— Você leu *A insustentável leveza do ser*?

— Não. Meu pai que é gosta muito, eu acho, por isso esse nome.

Ele soltava sempre um risinho estranho e sarcástico que ia me deixando cada vez mais desconfortável.

— Eu me chamo Sartre, como Jean-Paul.

— Prazer.

— Você conhece?

— O quê?

— Jean-Paul Sartre?

— Não, não exatamente...

Eu me lembrava vagamente de fotografias em preto e branco de um sujeito com uma cabeça de sapo, sempre de gravata, cachimbo nos lábios, óculos grossos de intelectual, uma risca lateral no cabelo e, claro, um forte estrabismo.

— Ele era um escritor, filósofo, dramaturgo e intelectual muito engajado. Você, que é francês, devia conhecer!

Seu jeito pedante começava a me irritar, mas eu tentava não deixar transparecer.

— Eu não me interesso muito pelos escritores e seus livros...

— Você se interessa pelo que então?

— Por música.

— Ah! Música! Que tipo?

— Rock, principalmente.

— Eu me lembro, você rolava no chão do seu quarto e pulava pra tudo que é lado! — Claude disse aos risos.

Fiquei incomodado com o fato de Claude se lembrar daqueles momentos achando graça — ele, que na época era tão ausente, trancafiado em seu silêncio. O rapaz que estava diante de mim não tinha mais nada a ver com aquele que eu havia conhecido quatro anos antes. E, no entanto, eu compartilhava lembranças com ele. Esse pensamento me acalmou e me deixou feliz. Dava um pouco de sentido à minha presença ali.

Sartre se levantou. Ele estava de cueca. O corpo magro acentuava seu aspecto de doente.

— Estou com malária — ele disse, coçando a cabeça e escrutinando o cômodo como se procurasse alguma coisa. — Mas com os antibióticos que Claude acabou de me trazer, vou melhorar rápido e logo vamos poder tomar uma nos bares do bairro!

Ele vasculhou uma pilha de discos, encontrou um e pôs numa vitrola que eu não havia notado naquela bagunça. Reconheci Pink Floyd, um dos poucos grupos de rock que meu pai, fã de jazz, adorava escutar.

— Vai lá, mostra pra gente como é que você dança — disse Sartre.

— Hein?

— Você dança, né? Deixa eu ver como é que é.

— Mas isso foi há muito tempo. Não faço mais esse tipo de coisa. Além do quê, é bizarro demais, a gente se conhece há dois segundos e você já me pede pra dançar.

Claude e Sartre deram risada. Eu não conseguia saber se estavam me zoando.

— Então prometa que quando eu melhorar, você me mostra.

— Pode ser, pode ser... Vamos ver.

Eu estava com vontade de ir ao banheiro, mas já imaginava que aqui a situação seria ainda pior do que na casa da Mami. Sartre se sentou novamente no colchão e bebeu um copo d'água.

— É sua primeira vez em Ruanda?

— É, estou com minha mãe. Ela é ruandesa.

— Sim, eu sei, sua mãe, a irmã do Claude.

— Não, a tia.

— Não é minha tia, é minha irmã — disse Claude, olhando para mim surpreso.

— Quê? Mas ela me disse que você era sobrinho dela. Além do mais, como é que ela poderia ser sua irmã?

— É minha irmã mais velha, estou dizendo.

— Que história é essa?

— Venancia é minha irmã mais velha.

— Mas é impossível. Vocês têm quase trinta anos de diferença. Digo, como Mami...

— Eu não sou filho de Mami, mas do seu avô Emmanuel, o pai da sua mãe.

— Meu avô Emmanuel?

— Que loucura! Seu tio tem a mesma idade que você — disse Sartre debochando.

Era demais. Eu me recusava a entender.

— Mas... seu pai e sua mãe, onde é que eles estão então?

— Eu sou órfão. Foi Mami que me acolheu, há quatro anos, quando vocês me mandaram de volta a Ruanda.

Nessa última frase, percebi uma ponta de ressentimento, ou então era meu sentimento de culpa que me fazia interpretá-la assim. De novo, eu estava diante de um fato consumado. Eu tinha me acostumado a não fazer perguntas, então não ousava tocar no assunto na frente de Sartre, além do mais, eu via que aquilo incomodava Claude. Aquela conversa nos levava brutalmente a 1994, e talvez fosse cedo demais para falar sobre isso.

A chegada de um homem que entrou sem avisar quebrou bruscamente o mal-estar. Ele entregou uma pequena pilha de livros, mas Sartre deu apenas uma olhada antes de devolvê-los todos, com exceção de um.

— Pode ficar com os outros, é tudo bugiganga. Esse aqui eu compro por mil.

— Dois mil, chefe — retrucou o outro.

— Mil e quinhentos, última oferta.

Sartre esperou que ele se afastasse o bastante para comemorar.

— As pessoas não têm ideia do preço de um livro. Ele acaba de me vender as obras completas de Saint-John Perse, das edições Pléiade, pelo preço de uma garrafa de cerveja.

— Você é colecionador? — perguntei para fingir interesse, embora eu ainda estivesse mexido com a revelação de Claude.

— Não, sou um cavaleiro. Salvo a cultura universal da barbárie.

— Ah, ok... Mas, fora isso, você faz o que com todos esses livros? Você vende depois?

— Vender? Pra quem? As pessoas não leem. Tirando a Bíblia, e mesmo assim, em péssimas traduções.

— Mas, então, de onde vêm esses livros?

— Dos brancos evacuados durante o genocídio. Eles foram embora às pressas nos primeiros dias, embarcaram seus animais de estimação e abandonaram todo o resto aqui, seus empregados domésticos, seus carros, seus eletrodomésticos, suas músicas e seus livros. Eu só fiz salvar o que acabaria na grande fogueira da loucura humana.

Claude, que via que a conversa começava a me dar nos nervos, pôs um fim naquela verborragia lírica e megalomaníaca de Sartre dizendo que a gente precisava ir.

Ao reencontrar a animação das ruas, eu dei uma relaxada e retomei a conversa:

— Como você conheceu Sartre?

— Foi ele quem me resgatou durante o genocídio. Ele é o irmão mais velho dos órfãos. Você viu, a casa dele é o palácio dos *mayibobo*,[4] o abrigo das crianças de rua, o refúgio dos meninos abandonados. Sartre cuida deles, protege eles.

— E eles vivem do quê?

— Como todo mundo. Dando um jeito. Os moleques vão mendigar na cidade ou então fazem pequenos trambiques. Nada de grave. Depois guardam tudo num cofre comum e Sartre gerencia para a comunidade.

Eu ouvia Claude me contar a história de Sartre e das crianças do Palácio, enquanto o que eu queria mesmo era falar do resto, da minha mãe, dos seus pais, da Mami, da sua volta a Ruanda. Mas era demais. Era cedo demais, importante demais, difícil demais. Eu estava cansado, só queria usar uma privada limpa, dormir numa cama macia e confortável e tomar um banho perfumado num banheiro que não cheirasse a mijo e merda.

---

[4] Crianças e adolescentes em situação de rua, a maioria órfã em razão do genocídio. (N. da T.)

8.

Os dias passavam e minha mãe ainda não tinha voltado a Kigali. Uma manhã, ela ligou no telefone fixo da Mami, a ligação estava ruim, as frases saíam entrecortadas: "... Milan... ainda estou presa aqui... Butare... negócios urgentes pra resolver... vou te explicar... passa para a Mami...". Mami pegou o telefone e elas conversaram por um longo tempo. A conversa parecia tensa e Mami ficou com o semblante fechado quando desligou.

— Mamãe disse quando volta?
— Não sei. Com Venancia, sempre muitos problemas.

Ela estava contrariada e não parava de muxoxar resmungando. Repreendeu Joséphine, que havia entrado para deixar duas garrafas térmicas de chá. Uma para o café da manhã e a outra para a Mami levar para o hospital. Ela trabalhava como enfermeira no Hospital de Kigali e eu não a via muito. Ela voltava nos horários em que eu e o Claude estávamos fora, geralmente na casa de Sartre, onde passávamos boa parte do tempo. Ouvíamos música o dia inteiro e eu comecei a conhecer novos estilos, como o highlife, o afrobeat, o funk, o soul e a rumba. Claude preferia evitar a Mami o máximo que pudesse. Ele a achava dura e autoritária. Muitas vezes ele deixou escapar que a minha mãe havia se exilado para fugir tanto da mãe quanto das violências do país. Eu não dava a mínima, levantava cedo para tomar meu café da manhã com ela. Era o único momento em que eu podia saber

um pouco mais sobre ela, embora ela também não gostasse muito de se abrir.
— Coma! Coma! — insistiu Mami, ao se sentar à mesa.
— Obrigado Mami, as mangas estão deliciosas.
Ela sorriu. Para ela, era uma satisfação quase física me ver comendo. Ela sentia orgulho do meu apetite.
— Os homens precisam comer! Muito importante!
Ela tinha uma opinião formada sobre todos os aspectos da vida. Suas frases quase sempre imperativas me divertiam, assim como sua obsessão pelo preço do açúcar. Ela colocava quatro colheres grandes de açúcar em sua xícara e tomava chá o dia inteiro.

Quando minha mãe fugiu de Ruanda, em 1973, Mami, por sua vez, já tinha ido embora para o Burundi, para morar num bairro de refugiados ruandeses, em Bujumbura. Lá ela tomou conta dos filhos do seu irmão e de alguns primos. Trabalhou no hospital e, quinze anos depois, conseguiu comprar uma casa modesta. Após o genocídio, ela voltou a viver em Ruanda. Ela dizia que a vida no Burundi era mais fácil do que em Ruanda. Quando eu lhe perguntava se sentia falta do Burundi, ela me respondia: "Ruanda é melhor, aqui é a minha casa, mas o açúcar é caro demais". Eu gostaria de ter feito muitas perguntas, mas o francês dela era muito rudimentar, então ficávamos na superfície das coisas. Apesar de tudo, eu aprendia a conhecê-la. Mami era devota, ia todo domingo de manhã à igreja. Ela nos pedia para acompanhá-la, mas Claude sempre recusava. Ele dizia que a Igreja de Ruanda tinha sido cúmplice do genocídio, que inúmeros membros do clero haviam participado dos massacres e que ele não se imaginava rezando em locais que serviram de abatedouros. Ele preferia viver sua fé sozinho, por conta própria.

Um domingo, decidi acompanhar Mami. Claude ainda roncava quando saímos de casa bem cedinho. Mais uma vez, tínhamos voltado tarde na noite anterior e eu estava de ressaca, de modo que foi um verdadeiro calvário não adormecer durante a missa, quase duas horas ouvindo kinyarwanda, sentado num banco desconfortável no meio do calor e de gente espremida. Apenas os cantos sublimes do coral conseguiram me manter mais ou menos acordado. Na saída, o adro da igreja estava lotado e Mami me apresentou toda orgulhosa às suas amigas, senhoras emperiquitadas que se espantavam com aquele neto de pele branca que não falava uma palavra em kinyarwanda. Eu era uma atração, o fruto estranho de uma tortuosa árvore genealógica.

Naquela noite, no Palácio, depois de algumas cervejas, eu disse a Sartre que estava impressionado com a sua coleção de música. Então ele começou a me contar:
— Na época, havia um sujeito chamado Fiston, que tinha estudado na Alemanha. Ele voltou para Ruanda com uma baita coleção de discos trazida via oceano, num grande contêiner. A viagem durou meses, mas no dia em que os discos chegaram a Kigali, foi um acontecimento. Nunca nesse país tínhamos visto uma coleção dessas! Até a rádio comentou o assunto. Quando Fiston foi massacrado com sua família em abril de 1994, fui à sua casa com carrinhos de mão para pegar tudo antes que os assassinos queimassem o lugar. Naquele dia, salvei a cultura mais uma vez!
— Ha, ha, ha... É um jeito bonito de dizer "roubo" — falei rindo.
Mal terminei a frase e vi uma sombra maligna passar pelo rosto dele. Ele partiu para cima de mim e começou a me bater violentamente. Os *mayibobo* se apressaram para contê-lo antes que ele acabasse de me esmurrar. Ele estava louco de raiva, os moleques precisaram se juntar para detê-lo.
— Quem você pensa que é? Vir na minha casa para me chamar de ladrão, seu desgraçado.
— Desculpe, Sartre, eu estava brincando.

— Você acha que aqui a gente brinca com esse tipo de acusação?

— Me desculpe mesmo. Não quis ofender, juro...

Claude agarrou Sartre pelo braço e o empurrou para um canto do pátio chamando-o de volta à razão. Meu lábio superior sangrava um pouco, eu passava minha língua naquele gosto de metal. Eu não ousava levantar a cabeça. Queria voltar para a casa da Mami, mas ainda não sabia me situar no labirinto das ruas do bairro. Minutos depois, já mais calmo, Sartre veio até mim, meio envergonhado.

— Todas as minhas desculpas, Milan. Não sei o que me deu. Só agora entendi que você não falou por maldade.

— Beleza, tudo bem — respondi, ainda receoso.

Demos um aperto de mão, depois Sartre tirou algumas notas do bolso e anunciou em alto e bom som que ia pagar uma rodada de cerveja de banana. O pátio inteiro aplaudiu gritando de alegria, e quando os galões de *urwagwa* chegaram, pegamos nossos canudos para começar a beber. Era doce e suave, mal dava para sentir o álcool. Dois *mayibobo* trouxeram um balde enorme cheio de pasteizinhos de carne de boi. As crianças as mergulhavam num recipiente com pimenta. Quando provei, a pimenta queimou tanto a minha boca que dei um pulo e saí xingando. A galera, rindo, pediu mais pimenta, e eu, para provar que não era um branquinho fresco, insisti. Para aliviar a queimação, eu sugava com um grande canudo goladas de cerveja de banana. Claro, Sartre se aproveitou da situação pedindo que eu mostrasse a minha dança. O álcool tinha surtido efeito, eu estava a ponto de me soltar quando Claude chegou com o CD do primeiro álbum do Rage Against the Machine.

— Era esse aqui que você tinha na época, né? — ele disse com os olhos brilhando, todo contente por tê-lo encontrado na coleção de Sartre. — Eu me lembro por causa do homem em chamas na capa.

"Eu me lembro do homem em chamas", ele repetiu.

Quando começou a música, embriagado de *urwagwa*, tirei a camisa e comecei a balançar a cabeça em todas as direções. No início, todo mundo me olhava estranho. Quando bati em Claude com os ombros, ele me devolveu com tanta força que caí estirado no chão. As crianças gritaram de rir, depois começaram a nos imitar. E o pátio do Palácio se transformou numa imensa roda de pogo! Os *mayibobo* pulavam por tudo que é lado, se trombavam freneticamente, tropeçavam na sucata, caíam, levantavam, agitavam a cabeça como britadeiras desajustadas. Sartre estava de cueca sobre um galho do abacateiro e sacudia a folhagem como um desvairado, enquanto Zack de la Rocha berrava "killing in the name of" no aparelho de som. A gente podia ter ficado a noite inteira naquela chapação, mas uma queda de energia cortou nossa onda.

Voltando a pé para a casa de Mami, na madrugada de Kigali salpicada de luzes como enfeites de Natal, Claude e eu, de braços dados, continuávamos cantando para a lua nossas mágoas de bêbados celestiais. Na avenida principal, as prostitutas piscavam para os transeuntes e os bebuns mijavam suas cervejas na sarjeta. Em casa, entramos de fininho no quarto para não acordar a Mami. O ponteiro marcava três horas da manhã. Eu disse ao Claude que tinha uma surpresa para ele, e tirei da minha mala o urso de pelúcia do parque de diversões, aquele que eu nunca tinha conseguido lhe dar. Ele abriu a boca de espanto e seu rosto inteiro se iluminou com um sorriso imenso.

— Você não esqueceu. Obrigado, meu irmão, você não me esqueceu...

Ele começou a chorar em meus braços, libertando-se de lágrimas contidas por muito tempo, como apenas os homens embriagados sabem fazer. Adormecemos encostados um no outro, como antes. Como irmãos. Com o coração repleto de felicidade.

Eu estava dormindo fazia pouco tempo quando senti a dor. Um vulcão em meu intestino, prestes a explodir. Um refluxo ácido em minha boca com gosto de pimenta, carne e cerveja de banana não deixava dúvida sobre a causa daquela súbita queimação. Lá fora estava um breu, e Claude respirava alto ao meu lado. Reuni todas as minhas forças, saltei para fora da cama e atravessei o pátio a todo vapor, travando as nádegas, as pernas bamboleando e o corpo tremendo, sacolejado por espasmos violentos e suores frios. À beira do desmaio. No instante seguinte, mergulhei completamente numa nova dimensão, em outro espaço-tempo. Ao longo das horas que se seguiram, aprendi que uma diarreia de certa magnitude pode beirar a experiência metafísica. Esvaziando até as últimas forças o meu corpo, achei que fosse morrer com as calças nos tornozelos, a tal ponto que as latrinas da casa de Mami, que até então eu considerava o pior lugar desta terra, se tornaram um local de refúgio, um espaço amigo, um casulo que naquela noite salvou minha vida, permitindo exorcizar o mal que havia em mim.

9.

Minha mãe ainda não tinha voltado. Eu caminhava pelo bairro, quase sempre sozinho, e começava a me situar. Ficava um tempo no pátio do Palácio descobrindo discos do mundo inteiro, jogando baralho com as crianças, aprendendo as regras do *igisoro*[5] com Sartre. Jogava futebol ou basquete no clube Rafiki, assistia com Claude a filmes de Bollywood no cinema Mayaka, ia com Joséphine no mercado e com Mami na missa. O olhar das pessoas não me incomodava mais, eu já não prestava atenção. Eu não saía do bairro. Kigali se resumia a Nyamirambo. Nyamirambo era Kigali.

A banca na esquina da rua oferecia um serviço de telefone público. Um dia, gastei meus últimos francos ligando para Nadège. Surpresa ao me escutar, ela deixou transparecer sua alegria e me encheu de perguntas:
— Como está tudo por aí? Vai, conta!
— Bom, de manhã saímos para caçar leões na savana, à tarde fazemos passeios de canoa por um rio infestado de crocodilos e à noite dançamos ao redor da fogueira ao som dos tam-tans.
— Ha, ha, ha... Besta! Mas sério, conta logo!
— Não tô fazendo nada demais. Encontrei o Claude, depois te conto. Damos uns rolês juntos. Ficamos no bairro,

---

[5] Jogo de tabuleiro popular em Ruanda. (N. da T.)

ouvimos música, tomamos uma, vagabundeamos. Meio como na França. Confesso que nos primeiros dias não foi fácil, o choque cultural, a poeira, o calor, os mosquitos. E, pra completar, minha coroa que desaparece assim que chegamos para resolver uns pepinos administrativos do outro lado do país. Bem, mas agora estou acostumado.
— E os problemas políticos? A guerra?
— Ah, isso... Tenho a impressão de que é uma história antiga. Aliás, as pessoas não gostam muito de tocar no assunto, então, evito falar. Mas e você?
— Você conhece Versailles, estou marinando no tédio. Exceto na semana passada, a mana da minha mãe, sabe, aquela que mora no México...
— Ah, claro, a artista?
— Isso. Ela passou dez dias aqui com a gente. Me deu de presente uma máquina fotográfica, uma parada semipro, e rodou comigo a semana inteira por museus e galerias de Paris. Foi bem da hora! Desde então, não paro de tirar fotos. É super meu lance.
— Bom, vou ter que ir. Tem o cara da banca telefônica que não para de me fazer sinal para desligar.
— Beleza. Da próxima vez eu vou com você!
Quando voltei para casa, Claude não estava lá. Esperei por ele na sala escutando Fela Kuti enquanto Joséphine trabalhava no pátio. Ela devia ter a minha idade, mas sua vida era uma sucessão de tarefas domésticas. Limpar, esfregar, cozinhar e depois começar tudo de novo. Ela trabalhava para Mami e Claude sete dias por semana, da manhã à noite, comia sozinha em seu canto, dormia sobre uma esteira simples num galpão no fundo do pátio, não tinha direito nem a um "obrigado", nem a um "por favor", igual à órfã miserável de um conto dos irmãos Grimm. Mami não nadava em dinheiro, então certamente Joséphine ganhava uma miséria. Ela parecia transparente para todo mundo. Eu não conhecia sua

história e a barreira da língua me impedia de lhe fazer as perguntas que me intrigavam: de onde ela vinha? Onde vivia a sua família? Como ela tinha vindo parar aqui? O que ela sonhava para o futuro? A única ideia que me ocorreu para agradecer, eu, que há dias vinha sendo servido como um paxá, foi pagá-la por seu trabalho. Em meu quarto, contei novamente meu dinheiro. Ainda me restavam trezentos francos franceses, então decidi trocá-los na casa do Papi.

Não encontrei a casa e acabei me perdendo nos meandros de Nyamirambo. Brotando de lugar nenhum, um homem que me observava andar em círculos já havia algum tempo veio ao meu encontro. Ele me abordou perguntando o que eu procurava e quando respondi "Papi, o cambista", ele sorriu:

— Você deu sorte, ele é meu primo! Ele mora do outro lado da rua. Venha comigo.

— É seu primo, sério?

— Sim, sim... Estou morando com ele no momento.

— Que coincidência!

— Ou então é o destino — ele disse, num tom de brincadeira.

— Prazer, me chamo Milan.

— Prazer, Milan. Sou Alfred.

Papi não estava em casa. Alfred me convidou para sentar no terraço e tomar um chá enquanto ele não voltava.

— Ele deve ter ido na cidade trocar dinheiro. Não deve demorar.

Alfred tinha uma beleza fria e enigmática que lhe dava um ar rígido, suavizado por seu olhar doce e seu sorriso largo. Era um soldado ruandês lotado na base de Kinshasa desde que Ruanda ajudara o chefe rebelde Laurent-Désiré Kabila a tomar o poder no Congo, colocando fim a trinta e dois anos de reinado do marechal Mobutu. Ele crescera no exílio, em Bukavu, uma cidade na fronteira com Ruanda. Em 1993, aos vinte anos, ele se alistara nas tropas da FPR[6] e desde então só conhecera a guerra. Com ele parecia não haver nenhum constrangimento, nenhum receio, nenhum tabu. Era o oposto do que eu sentia desde que havia chegado, pois cada pergunta, mesmo a mais banal, parecia suscitar uma certa desconfiança. Com frequência eu me pegava engolindo uma palavra por medo de ferir, chocar, cometer gafe ou mesmo parecer indiscreto. Alfred não me passava esse sentimento, ele era leve e aberto, não correspondia em nada à representação que eu tinha de um militar ruandês.

— O que você está fazendo em Kigali?

— Estou de licença, volto logo mais para Kinshasa. Mas estão dizendo que em breve teremos de fazer a malas. Os congoleses não querem mais nossa presença.

— E aí o que você vai fazer?

— Certamente voltar para o front. No Leste. Dessa vez para combater aqueles que havíamos colocado no poder. Essa guerra é sem fim.

Falou isso sem amargura ou tristeza, quase como se não lhe dissesse respeito. Como se ele tivesse passado para o outro lado do espelho, ali onde nada mais nos atinge.

— Eu não fui feito pra guerra. Detesto o combate. Vou te surpreender: meu sonho era ser ator de teatro. Quando estava no colégio, em Bukavu, eu fazia parte de uma trupe. A gente interpretava Shakespeare, Racine, Molière, Aimé Césaire, Wole Soyinka...

— Então por que você se alistou?

— Porque meus irmãos mais velhos foram para o front e minha mãe teria vergonha de mim se eu não fizesse o mes-

---

[6] Frente Patriótica Ruandesa, milícia que se tornou o partido político dominante em Ruanda. Fundada em 1987 por tútsis e hútus dissidentes, a FPR tomou o poder em 1994, pondo um fim no genocídio dos tútsis, e governa o país desde então. (N. da T.)

mo. Depois veio o genocídio e, hoje, os assassinos vivem nas fronteiras. Não tenho mais escolha. Meus pais fugiram de Ruanda em 1959, durante os primeiros massacres contra os tútsis. Meus irmãos e eu nascemos no Congo. Meu pai era professor de latim e de grego antigo lá, no colégio Athénée de Bukavu. Em 1986, ele foi demitido. Aí entrou numa longa depressão e morreu dois anos depois, após ter perdido toda a sua autoestima. Minha mãe se viu sozinha tendo que cuidar dos meus irmãos e de mim. Entre 1990 e 1993, nós quatro nos alistamos na FPR. Eu sou o único que ainda está vivo. A tristeza matou minha mãe.

Uma hora antes, eu havia encontrado Alfred por acaso na rua enquanto tentava trocar dinheiro, e agora eu estava na sala do seu primo, com a garganta crispada de emoção.

— Me desculpe por vomitar tudo isso desse jeito.

— Não, não, sem problemas, fico feliz que você converse comigo. Mas... desculpe se faço uma pergunta estúpida: por que você não deixa as forças armadas para correr atrás do seu sonho de fazer teatro?

— Eu não posso. Tudo continua frágil. Aqui mesmo, veja como a nova classe política é arrogante e pretensiosa. Ela não entende nada, voltou com a especulação desenfreada e a corrupção, como no regime anterior. Sem falar de todos os genocidas que só pensam em retomar o país. Nós não sacrificamos tantas pessoas para dar lugar aos incompetentes, aos mercenários e assassinos. Os civis não sabem que a paz é apenas uma guerra suspensa.

— Mas e se um dia tudo isso acabar?

— Não sei. Tudo é possível. Depois do genocídio, eu pensei que tinha perdido todo tipo de inocência e leveza, porém me aconteceu uma coisa milagrosa.

— Ah, foi? O quê?

— Conheci uma mulher e me apaixonei perdidamente por ela.

Ele parou de falar e foi como se, diante dos seus olhos, esse amor se encarnasse.

— Mais uma coisa, por que você tá me contando tudo isso sem nem me conhecer direito?

— Porque amanhã volto ao front. É possível que dessa vez a morte me aceite. Então, não passarei de uma lembrança para você. Por mais irrisório que possa parecer, esse pensamento me acalma — ele disse, rindo. — De todo modo, não tenho mais medo de nada. A não ser, talvez, de não ser mais amado.

10.

Naquela noite, foi de novo uma festança no Palácio. *Mayibobo* dos quatro cantos da cidade se encontraram lá. Depois de três horas de farra, Claude já não parava em pé e Sartre dançava quase nu no meio do pátio, com uma garrafa de Mützig na mão.

— Estamos comemorando o quê, exatamente? — perguntei.

— Nada! Acumulamos festas, por precaução. Consertamos nossa pobre juventude desperdiçada.

Eu observava os moleques se divertindo como quem se vinga de tudo — da infância perdida, das brigas de rua, dos ataques com faca e facão, das noites dormidas ao relento, das overdoses de cola, das famílias dizimadas, da miséria crassa, do álcool adulterado, dos estupros, das doenças, da indiferença ou da piedade das pessoas honestas. Naquela noite, as crianças teciam seus louros, cantavam a sua própria glória, eram príncipes e princesas em seu palácio. Toda a energia voltada para a felicidade simples de estar vivo.

Claude, Sartre e eu fomos desabar no colchão de palha de Sartre com garrafas de cerveja e um baseado. Já nos primeiros tragos, nós três fixamos nossos olhos semicerrados no teto. Senti que estava partindo à deriva, incapaz de articular uma palavra inteligível ou o mínimo pensamento racional. Eu flutuava num cúmulo acima do país, numa nuvem de palavras carregada pela voz de Sartre: "Quando eu era criança, meu pai, ao voltar do trabalho, trazia doces e bolos de todo tipo: tortas de fruta, enroladinhos de morango, folheados, suspiros e sonhos muito cremosos... Mas o meu favorito, de longe, era o éclair de chocolate. Eu e meus irmãos chamávamos nosso pai de Papá-docinhos. Ele era tão gentil, tão carinhoso, tão querido de nos trazer todos aqueles doces".

Numa bruma de sonhos, eu pilotava um Antonov que soltava éclairs de chocolate sobre a cidade; a voz de Sartre era um disco arranhado que repetia sem parar as mesmas frases encharcadas de soluços. E Claude gritava: "Que se dane seus malditos éclairs de chocolate!". Eu era um Mig em voo rasante por cima de Nyamirambo e metralhava o bairro com todo tipo de doce. Sartre se soltava: "Agora que sou um homem, se eu pudesse rever meu pai apenas mais uma vez, se Deus me atendesse esse último pedido, eu daria um suculento éclair de chocolate ao meu Papá-docinho. Uma última doçura para falar pra ele todo o amor que dilacera a minha alma". Meu avião de caça estava a ponto de se estatelar contra o Palácio, e Claude continuava gritando dentro da minha cabeça: "Cale essa boca com seus éclairs de chocolate! O que a gente quer é cerveja!".

Era quase fim de tarde quando Claude me chacoalhou para me acordar. Impossível lembrar como voltamos na noite passada. Apenas flashes de uma briga, de uma garrafa quebrada e de Claude me tirando da sarjeta. Eu estava com dor de cabeça e com um corte na sobrancelha.

— Anda, vamos ao estádio!

Sartre nos encontrou no caminho, no meio de uma multidão ameaçadora e agitada. Uma maré humana afluía na direção de um campo de futebol chamado Tapete Vermelho em razão da laterita que cobria seu chão. O fim de tarde estava radiante e eu, deprimido. Estava com uma ressaca terrível e seguia o ritmo da marcha sem questionar, meio grogue. Nós nos afastamos da multidão e entramos num terreno colado ao estádio. Claude me fez sinal para seguir Sartre, que tinha começado a subir numa árvore. Do último galho, a visão era totalmente livre para o estádio, abarrotado de gente. Parecia que toda a cidade estava ali, reunida. Militares garantiam a segurança, afastando com chutes os espectadores que cruzavam as linhas do campo. Eu tentava ver os times de futebol, mas tudo o que enxergava era uma curiosa fileira de estacas em intervalos regulares. Havia vinte e duas. Numa nuvem de poeira, uma caminhonete se dirigiu ao centro e prisioneiros de uniforme rosa desceram da plataforma traseira. Os guardas os empurraram e os amarraram às estacas, com as mãos para trás das costas, antes de colocar em cada um deles um saco preto na cabeça. Um burburinho crescia, retumbava na multidão excitada. Acima da nossa cabeça, aves de rapina circulavam como pássaros de mau agouro. Policiais encapuzados, de rifle na mão, se posicionaram na frente dos prisioneiros. Um oficial gritou uma ordem que não entendi e os policiais miraram os detentos. Veio outra ordem, também inaudível. Após os disparos, os corpos dos prisioneiros se desmantelaram, a cabeça pendendo para a frente ou para o lado. Um clamor de alegria e de aplauso tomou lugar. Sartre, ao meu lado, estava petrificado. Eu tinha a impressão de assistir a uma filmagem, em algum lugar um diretor ia gritar "ação!", e então os atores retomariam os seus lugares. Com um riso cruel, Claude cuspiu no ar e gritou: "Que queimem no inferno!". Em seguida, a multidão se dispersou nas ruas de Nyamirambo. Sartre andava atrás de nós, mas quando nos viramos, ele havia desaparecido.

    Mais tarde, mandaram um *mayibobo* à sua procura para lhe dizer que o esperávamos num bar na avenida principal. Era de noite, o botequim estava mal iluminado. Estávamos sentados numa alcova, diante de uma TV que transmitia um jogo da Copa do Mundo — Holanda x Croácia. A música estava alta e o lugar, lotado. Eu sentia que Claude não queria

falar sobre o estádio. Ele me disse simplesmente que eram uns genocidas condenados à morte, executados para dar exemplo, e que tiveram o que mereciam. Tomávamos nossas cervejas esperando Sartre, e às vezes Claude comentava o jogo, no qual só ele estava interessado.
— Qual é o seu palpite para amanhã? — ele perguntou.
— Ah, sabe como é... Eu não sou muito de futebol.
— Sim, mas agora é diferente. É a Copa do Mundo!
Dei de ombros e tomei mais um gole de cerveja. Eu não estava com cabeça para isso, as imagens da execução pública desfilavam sem parar diante dos meus olhos. Esporte nunca foi o meu forte, para o grande desgosto do meu pai. Sua paixão era a Fórmula 1. Ele não perdia um Grand Prix, assistia a todos, jogado no sofá. Me voltou à memória aquele domingo à tarde em Versailles, 1º de maio de 1994, eu me lembro, pois um grupo de escoteiros vendia lírios na esquina da nossa rua. Encontrei meu pai em estado de choque na frente da televisão da sala, com as duas mãos apoiadas na cabeça. Ayrton Senna, o piloto brasileiro, tinha acabado de perder o controle do carro durante o Grande Prêmio de San Marino. Ao vivo, diante de milhões de espectadores, ele se chocou contra um muro de concreto a mais de duzentos quilômetros por hora. À noite, no jornal, haviam anunciado sua morte e emendado numa reportagem a respeito dos massacres em Ruanda e do êxodo da população. Minha mãe estava silenciosa e meu pai repetia: "Terrível! Terrível!", falando de Ayrton Senna.
— Eu acho que amanhã, na final, eu serei o único sobrevivente desse país torcendo pela França — Claude disse em tom de brincadeira.
— Ah é? E por quê?
— Por que o quê? — ele disse ainda mais alto, pois tinham acabado de aumentar o volume da música.

— Por que você vai ser o único sobrevivente torcendo pela França?
— Porque é a França.
— Sim. E?
— Tá bancando o ingênuo ou o quê? — ele perguntou, me olhando de um jeito bizarro. — Você sabe o que a França fez nesse país, pelo menos?
— Ehh... Não...
Ele se virou para me encarar, parecendo sinceramente incrédulo.
— Você não sabe o que os franceses fizeram?
— Não...
— Não é possível, você tá totalmente por fora. Vai se informar, pô!
A garçonete voltou com uma bandeja de Mützig geladas que ela abriu na nossa frente. No fundo do bar, um grupo de jovens barulhentos dançavam um *madison* ao som do "Vulindlela", de Brenda Fassie. Claude tomou vários goles antes de se virar de novo para mim.
— Vou te dizer uma coisa: eu torço pela seleção francesa porque eu amo a França. Eu ainda me lembro das ruas, da cidade, de como tudo era bonito e limpo. Um dia eu vou voltar para lá, vou morar em Versailles!
Ele pronunciou essa última frase em alto e bom som, estufando o peito e levantando sua garrafa, como se brindasse a essa esperança.
— Ha, ha, ha... Você sonha com Versailles? Cara, você não tá bem, juro. Essa cidade é horrível, você tá bem melhor em Nyamirambo, eu te garanto.
— Você nem conseguiria viver aqui, então pare de falar besteira — ele disse, agressivo do nada. — Aliás, você não enxerga nada e não entende nada. Tirando suas férias, você caga pra tudo.

— Mas de jeito nenhum! O que tá passando na sua cabeça pra falar assim comigo?

Claude tomou alguns goles olhando fixamente a televisão. Agora, as caixas de som berravam o hit "Loi", de Koffi Olomidé e, na pista de dança, um grupo de meninas mexendo os quadris com habilidade atraíam para si olhares saltados de Tex Avery. No segundo gol da Croácia, uma única pessoa aplaudiu. Era o momento de dizer a Claude o que me pesava desde o início da minha estadia:

— Eu queria que você tivesse ficado com a gente na França.

— Deixa quieto, Milan, guarde pra você sua culpa. Vocês não iam se responsabilizar eternamente por um órfão. Sou eu que peço desculpas por ter perturbado suas vidinhas tranquilas.

— Não é justo você dizer isso. Eu preferia mil vezes que você tivesse ficado, acredite. Você seria meu irmãozinho.

— Seu irmãozinho? — ele soltou isso com uma risada irônica. — Eu sou seu tio e tenho mil anos na minha alma. É você o pequenininho. Você não passa de um moleque!

Dessa vez, ele estava realmente irado:

— Você vem pra cá de turista e vai voltar pensando que passou ótimas férias. Mas não se vem de férias para uma terra de sofrimento. Este país é envenenado. A gente vive com os assassinos ao nosso redor e isso nos deixa malucos. Entende? Malucos!

Mesmo com a música ensurdecedora, alguns clientes do bar haviam se virado em nossa direção.

— Tá vendo essa cicatriz na minha cabeça? Não é nada comparado ao sofrimento dentro de mim. E aí você chega aqui sem se perguntar nada, e depois o que acontece? Depois você volta pro seu país pra contar como é a vida aqui em Nyamirambo, onde as meninas são gostosas, a cerveja gelada e os espetinhos são bons. Você vai voltar e vai me esquecer de novo.

— Mas me explica o que eu preciso entender, Claude.

— Entender, você diz? Mas como é que você quer entender uma coisa que você nem tenta sentir? E quer saber, me deixa em paz, porra, eu não sou um guia turístico do sofrimento. Se vira! Como é que você acha que eu fiz, quando vocês me abandonaram?

Ele terminou a garrafa no gargalo, de um gole só. Levantou e foi ao banheiro. Sartre, que estava chegando, perguntou o que tinha acontecido. Então também me levantei e fui embora. Agora que eu conhecia Nyamirambo, podia voltar sozinho para casa. Na rua, ninguém olhava para mim. Era de noite, e como todo mundo, eu não passava de uma sombra.

11.

No dia seguinte, minha mãe voltou de Butare à tarde e me disse para preparar minha mala. Tínhamos apenas uma semana em Ruanda e íamos nos hospedar na casa de uma de suas amigas de infância que tinha acabado de dar à luz. Eu estava desanimado. Claude não tinha dormido em casa e a noite não havia diluído suas palavras da véspera. No táxi, passamos pelos locais que agora eu conhecia: o estádio Pelé, a paróquia Saint-André, a igreja dos Adventistas do Sétimo Dia, a estação Petrorwanda, a mesquita Al-Fatah, o bairro Biryogo... tantos lugares onde agora eu tinha recordações com um gosto de inacabado.

— Correu tudo bem com Claude e Mami? — perguntou minha mãe, que de repente se interessava por mim.

Eu poderia ter lhe contado tantas coisas, mas senti que seria forçado. Talvez eu esperasse um pedido de desculpas, ou pelo menos que ela me explicasse sua ausência. Estávamos em seu país e eu o descobria pelo olhar de outras pessoas, o que me revoltava por um motivo que eu não conseguia explicar.

— Sim, tudo bem, e você? — perguntei, para suscitar uma conversa que não viria nunca.

— Bom, eu pensei que fosse resolver meu problema em um dia, mas foi mais complicado do que o previsto.

— Você foi fazer o quê, exatamente?

— Eu precisava pegar alguns documentos na prefeitura, pois meu pai tinha um terreno em Butare e eu gostaria de doá-lo a Mami.

— Para agradecer por ter cuidado do seu irmão caçula? Eu queria que ela soubesse que eu estava ciente. Ela me olhou, surpresa, imediatamente na defensiva.

— Veja bem, eu não conhecia o Claude antes de 1994. Eu soube da existência dele só uns dias antes de ele chegar na França. Eu não sei se você está me criticando por alguma coisa, mas você precisa entender que era difícil pra mim lidar com essa situação.

— Você acha que foi fácil pra mim descobrir isso por acaso? E ficar sabendo da existência da minha avó, de quem você nunca tinha falado? Eu tenho a impressão de ser um estranho na minha própria família.

— Mas você acha o quê, caramba? Você é um estranho, Milan. E eu também me tornei uma estranha aqui. Eu não entendo nada desse país. Então, no seu caso, nem vale a pena pensar nisso.

Ofendido e irritado com seu cinismo, coloquei os fones do meu CD player para encerrar de uma vez aquela discussão que não levaria a lugar nenhum. Em meus ouvidos, Freddie Mercury cantava "find me somebody to love", e através dos vidros do táxi eu via um bairro de ruas tranquilas margeadas por espessos arbustos de buganvílias que dissimulavam residências elegantes. O carro entrou num terreno onde se erguia uma gigantesca árvore de flores violetas de galhos longos que sombreavam uma casa de tijolos vermelhos. Uma mulher de pele clara nos aguardava nos degraus da entrada. Ela nos recebeu com um sorriso revelando dentes da frente separados. Um pouco mais atrás, sentada numa cadeira de vime, estava uma senhora de olhos cobertos por um véu azul-claro e de cabelos brancos crespos e eriçados.

— Venancia! — exclamou a mulher, quando a minha mãe saiu do táxi. — Você não mudou nada! Sempre com essa cintura fina.

Ela beijou minha mãe, dando-lhe um abraço apertado enquanto eu tirava as bagagens do porta-malas e acertava a corrida.

— Você deve ser Milan — ela disse, me segurando pelos ombros. — Já assim tão grande! Eu sou Eusébie. Mas pode me chamar de tia, pois sou amiga da sua mãe faz muito tempo.

Já no primeiro contato, adorei essa mulher. Seu jeito natural, espontâneo e generoso exalava alegria de viver.

— Venham, vou mostrar os quartos de vocês e depois vamos ficar com a vó Rosalie, para aproveitar a brisa da noite.

A velha Rosalie nos cumprimentou com um abraço demorado, como minha avó no dia de nossa chegada: peito contra peito, as mãos apalpando as costas, depois os braços, enquanto murmurava frases educadas e bênçãos em kinyarwanda. Então entramos na casa, atravessamos uma sala simples e iluminada, antes de adentrar um longo corredor que dava para vários quartos.

— Você dorme nesse aqui, Milan. E você, minha querida, fica nesse da frente.

Depois tia Eusébie fez sinal para segui-la, cobrindo a boca com o dedo indicador para que fizéssemos silêncio. Com cautela, ela abriu a porta do seu quarto, mergulhado numa suave claridade de crepúsculo filtrada pelas cortinas de musselina. Um raio de sol conseguiu escapar por entre os cortinados, projetando um rebordo de luz sobre um berço onde dormia um bebê de pele clara. Um anjo de sorriso sereno.

— Meu Deus, como é linda! Louvado seja o Senhor — sussurrou minha mãe, usando uma expressão que eu nunca havia ouvido em sua boca.

— Essa é Stella — cochichou tia Eusébie. — Ela tem oito dias. Nasceu em 4 de julho, dia da Festa da Libertação.[7] Ora se isso não é um sinal!

Não fossem alguns mosquitos, estávamos num sossego delicioso no terraço. A cerca viva de hibiscos, o cheiro de citronela, o vento leve do fim de tarde nas colinas e a quietude do bairro que contrastava com a agitação de Nyamirambo.
— É o charme do bairro Kiyovu — disse tia Eusébie, nos servindo chá com leite. — Nós o chamamos de floresta. Dizem que aqui tem cobra. Eu nunca vi nenhuma.
— É a casa que você tinha comprado com Eugène?
— Sim, há vinte anos. Essa casa viveu de tudo, mas ainda está de pé, como eu.
— Eugène é o pai de Stella? — perguntei, mesmo sabendo que era indelicado fazer perguntas tão diretas naquele país, mas eu me sentia à vontade com tia Eusébie.
Como eu já esperava, minha mãe me lançou um olhar de reprovação.
— Não, Eugène foi o meu primeiro e único marido — respondeu Eusébie. — Ele morreu faz uns anos. Eu fiz Stella sozinha! Sou uma jovem mãe de quarenta e três anos e não tenho mais tempo para os homens. O céu me tomou o melhor dentre eles. Depois de Eugène, não vale a pena se dar o trabalho de procurar o homem ideal ou correr o risco de se tornar viúva uma segunda vez.
— O que você está fazendo agora? — perguntou minha mãe.
— Um pouco como todo mundo, estou na luta. Cuido da velha Rosalie. Ela viveu no exílio por trinta anos, no Bu-

---

[7] Também conhecida como "Dia da Libertação", essa festa comemora o fim do genocídio dos tútsis e a queda do regime liderado pelos hútus em Ruanda. (N. da T.)

rundi, com sua filha. Não sei se você lembra da minha tia Mariana, a mãe da minha prima Yvonne, a que era casada com um francês em Bujumbura?

— Não, não lembro...

— Verdade, você foi embora há tanto tempo. Em resumo, Mariana faz muitos bate-voltas para o Burundi, então ela me pediu para cuidar de Rosalie, que não quer mais sair de Ruanda agora que está de volta. Estou feliz por recebê-la em casa. A gente se diverte juntas. Ela tem quase cem anos e tudo flui perfeitamente bem aqui dentro.

Ela deu tapinhas nas têmporas ao pronunciar esse último comentário. Depois se virou para Rosalie e disse alguma coisa em kinyarwanda. A velha respondeu com uma frase que provocou uma risada geral.

— O que eu estava dizendo, Venancia! Essa aí é uma verdadeira palhaça! Além do mais, ela me ensina muito sobre a família. Espero que ela viva bastante tempo para contar todas essas histórias a Stella. Fora isso, faço aulas à noite, de direito internacional e inglês, pois não pretendo ser uma simples secretária a vida inteira. Agora que não tem mais homens nesse país, que todos estão no exílio, na prisão ou em valas comuns, temos que aproveitar para dar o golpe de Estado das mulheres, não?

De novo, ela caiu na gargalhada.

— Você não muda, Eusébie, sempre cheia de planos. Você e Eugène tinham esse espírito de aventura. Após nossa fuga, em 1973, vocês foram os únicos corajosos que voltaram para fazer as coisas acontecerem.

— Com que resultado? Sabe, minha querida, uma parte de mim desapareceu em 1994. Mas hoje não temos escolha, precisamos reconstruir tudo. É o projeto dos nossos *kadogo*,[8]

---

[8] Crianças-soldado. (N. da T.)

não é? Eles lutaram para acabar com essa loucura. Stella e Milan poderão viver nesse país com toda serenidade, orgulhosos de serem ruandeses. Não devem crescer se escondendo, temendo constantemente pela própria vida, como nós fizemos, eu, você, e toda a nossa geração.

— Você tem coragem, minha irmã — soltou a minha mãe. — Eu não sei de onde você tira essa força, mas você tem coragem. Eu não conseguiria mais viver aqui.

— Você está gostando de Ruanda, Milan? — perguntou Eusébie, desviando do olhar da minha mãe, como se não quisesse convencê-la.

— Sim, sim... — gaguejei.

— Me escute bem, muitos ruandeses que viveram a vida inteira no exílio voltaram depois do genocídio. Não importa o que te disserem, esse é o seu país. Seus ancestrais viviam nessas colinas, e alguns pagaram com a própria vida para que você se sinta em casa.

Eu a escutava, atônito. Ela estava falando comigo ou tentando transmitir uma mensagem à minha mãe? Suas palavras me percorriam, me reconfortavam. Eu nunca pensei que pudesse pertencer a outro país que não a França. Ser outra coisa além de um turista, um estrangeiro, alguém de férias. Eusébie abria os braços para mim como minha mãe jamais o fizera. Uma fronteira se apagava. Eu mal conseguia esconder minha emoção quando escutamos o choro do bebê. Eusébie saiu correndo, depois voltou e colocou Stella nos braços da minha mãe.

— Ela tem os olhos verdes?

Surpresa, minha mãe falou em kinyarwanda com a velha Rosalie, e a tia Eusébie, ao ver minha curiosidade, me traduziu sua resposta.

— Vó Rosalie diz que, segundo a tradição, olhos claros trazem má sorte. Eu sempre respondo à vovó que conheço muito bem a má sorte, ela faz parte da família.

Depois, caindo na risada:
— Milan, sua vez de pegar Stella.
Arregalei os olhos, preocupado. Eu nunca havia segurado um bebê na vida, e ela parecia tão frágil.
— Ela é muito pequenininha — confirmou minha mãe.
— Sim, sim, segure-a um pouco. Ela acabou de conhecer sua mãe, agora é você que ela quer ver.
Minha mãe não confiava em mim, então quis lhe provar que eu não era mais criança. As palavras de Claude ressoavam em mim: "Você não passa de um moleque!". Peguei Stella e me sentei, sustentando seu corpo com meus antebraços, sua cabeça apoiada na palma das minhas mãos. A criança me observava com olhos verdes penetrantes, com uma expressão que lembrava um sorriso.
— Pois bem, acho que vocês se reconheceram — exclamou tia Eusébie. — Você é o primeiro a ter direito a um sorriso!
Eu estava transtornado. Era como se o meu coração se alargasse e se aquecesse com um calor doce. Entre as palavras de acolhimento e amor de tia Eusébie e essa criança que eu segurava em meus braços, tive a sensação, no espaço de um piscar de olhos, de ter encontrado uma família.

Depois do jantar, tirei a mesa e lavei a louça. A velha Rosalie preparava o chá, Eusébie dava o peito à Stella e minha mãe tomava banho. Quando o bebê adormeceu em seu berço, voltamos nós quatro à sala para um último chá antes de dormir. Minha mãe parecia febril:
— Me diga uma coisa, Eusébie, você lembra do Nickel Studio, em Bujumbura, que era de um fotógrafo ruandês chamado Kamuzinzi?
— Claro que lembro. Eu e Eugène fomos a Buja em 1989 para o casamento do irmão dele. Fizemos um retrato de família nesse estúdio. Inclusive, esse retrato ficou pendurado

acima desse sofá durante anos. E então, em 1994, além de nos massacrar, os assassinos destruíram nossas fotos. Era preciso nos apagar para sempre, eliminar até a última lembrança da nossa existência. Eu não tenho mais fotos da minha família, nem uma sequer. Sou engolida pelo desespero, quando penso nisso. Tudo desapareceu, e às vezes me pego com medo de esquecer o rosto de todos.

Então minha mãe lhe entregou um envelope, o mesmo de contornos azul, branco e vermelho que Claude lhe havia dado no dia da nossa chegada.

— Kamuzinzi vive em Kigali. Durante a guerra no Burundi, seu estúdio foi queimado e ele perdeu tudo. Por milagre, restaram alguns negativos, salvos dos escombros.

Eu estava sentado ao lado de Eusébie, no sofá. Suas mãos começaram a tremer. Quando ela tirou a foto do envelope, apareceu um retrato em preto e branco no qual reconheci logo o sorriso largo de Eusébie. Ao seu lado, como que congelados, um homem e quatro crianças, um menino e três meninas, olhando para a câmera com seriedade. Um grito de dor me fez dar um salto. Minha mãe e Rosalie correram para abraçar Eusébie, que segurava a foto contra a sua barriga, sufocada de soluços. No fundo do corredor, o bebê começou a chorar. Plantado no meio da sala, eu não sabia o que fazer.

— Vá cuidar do neném! — ordenou minha mãe.

No quarto, a bebezinha chorava como se a mãe lhe transmitisse sua tristeza. Apavorado, eu a peguei nos braços para tentar acalmá-la. Eu falava com ela, dizia que eu estava ali, como fiz no passado com Claude. Depois de um certo tempo, aos poucos, senti o choro perder força. Mesma coisa com Eusébie: não me chegava mais nenhum som da sala. Stella se acalmou, eu me deitei na cama e ela acabou adormecendo encostada em meu peito. Eu também havia caído no sono quando, bem mais tarde, minha mãe entrou no quarto e sussurrou que tinha uma ligação para mim. Ela tirou a

pequena dos meus braços e a acomodou lentamente no berço. Na sala, Eusébie estava estirada no sofá, com a cabeça sobre os joelhos da velha Rosalie, que lhe acariciava delicadamente o rosto e os cabelos. Ela dormia tranquila, com a foto ao lado. Sobre a cômoda, peguei o telefone do gancho:
— Alô?
Eu escutava gritos, buzinas, pessoas vociferando. Repeti:
— Alô?
— Milan, sou eu, papai.
— Onde você está? Não dá pra escutar direito.
— Estou na rua, ligando de um orelhão.
— Que barulhão é esse?
— Você não viu?
— O quê?
— A final.
— Ah, sim, verdade... Não, não vi. A gente ganhou?

Naquele momento, um grupo de torcedores exaltados adentraram a cabine, gritando "É campeão! É campeão!" e "Zidane presidente!". Ouvi um leve empurra-empurra e meu pai berrar com eles: "Fora daqui, não me encham o saco, merda!". Depois ele pegou de novo o telefone:
— Milan, tá me escutando? Preste bem atenção. Você vai precisar abreviar suas férias e voltar imediatamente. Seu avô acabou de falecer.

12.

2005

Todo último sábado do mês, desde os meus doze anos, eu tinha a missão de lavar os vidros da casa dos meus avós em troca de uma mesada. Com a morte do meu avô, o hábito se tornou um compromisso inalterável, já que a minha avó havia ficado sozinha. Eu tinha agora vinte e três anos e nosso ritual não havia mudado nada, eu chegava no início da tarde na parte alta de Versailles, ela me preparava um café enquanto eu começava pela porta de correr da sala, a que dava para o jardim da casa e para a floresta da região, antes de encarar o resto do apartamento. Em seguida, ficávamos na sala de jantar, ao redor da mesa de mogno, sob o retrato do meu avô e reproduções de estilo renascentista. Seus dedos contorcidos pelo reumatismo seguravam cuidadosamente a xícara de chá. O apartamento era silencioso, iluminado, exalava um perfume de essência de lavanda e sopa de repolho. Os anos se passavam, mas nada se movia ali, nem os objetos, nem o cheiro, nem a vista. O tempo havia congelado.

— Como vai Nadège?
— Bem. Esta noite é a vernissage da sua primeira exposição de fotos numa galeria, em Paris.
— Que maravilha! Dê um abraço nela por mim.
— Combinado.
— E o seu projeto?
— Tá avançando. Meu orientador finalmente aprovou o meu tema sobre os tribunais populares e a reconciliação. Vou viajar mês que vem.

— Sozinho?
— Nadège vai comigo, ela quer engatar algum projeto por lá. Provavelmente em torno da reconstrução ou do perdão.
— E por que não os gorilas? Os gorilas não são interessantes? Era lá que Dian Fossey trabalhava, se não me falha a memória.
— Sim, sim... Mas acho que Nadège não se interessa muito por fotografia animal.
— Bom... E sua mãe?
— Ela ainda não está sabendo da minha viagem. Tenho que dar uma passada lá, mas por causa do trabalho dela e das minhas aulas, nunca conseguimos conciliar as agendas. E telefone não é o seu forte.
— Sem dúvida ela vai ficar feliz em saber que você vai voltar.
— Não sei não... As coisas são complicadas com ela. Quando fomos lá há sete anos, ela me deixou sozinho com a família dela, e depois nunca mais falou sobre a viagem.
— Vocês voltaram no meio de uma urgência, meu querido. Não foi um período fácil...

Ela estava novamente pensando na morte do meu avô e em nossa volta precipitada para o enterro. Desde então, a vida havia mudado muito para todos nós. Depois do divórcio, o meu pai pediu demissão do emprego como gerente de banco, abriu uma empresa como consultor e conheceu uma moça com quem foi morar em Montpellier. Com a sua parte da venda da casa, minha mãe comprou um apartamento em Versailles-Chantiers e reformou sua loja. A casa da ilha de Ré havia sido alugada. Ao entrar na faculdade de direito, em Paris, fui morar com Nadège num estúdio, perto da Gare du Nord. Eu não via mais meus pais com frequência, exceto nos aniversários e festas de fim de ano. E ainda assim, mais meu

pai, já que minha mãe estava sempre ocupada com a sua loja. Então, uma vez por mês eu vinha a Versailles, para ver minha avó.
— E você, como vai?
— Vou vivendo. Me distraio como posso, apesar dos dias serem longos demais. A sra. Bonnard vem me visitar duas vezes por semana, fazemos uma pequena caminhada no parque do castelo. E nas quintas à tarde vou ao cemitério dar um oi ao seu avô e limpar um pouco o túmulo dele. Você devia ir lá de vez em quando. Acredita que ontem recebi uma carta dos ex-alunos da Politécnica? Fiquei muito contente.
Ela me entregou um papel que estava sobre a pilha de correspondências. Abri a carta. Ela prestava uma homenagem ao meu avô, à sua trajetória e à sua carreira, e terminava com palavras gentis dirigidas à minha avó.
— Você vê, depois de sete anos, e eles não esqueceram o seu avô — ela sussurrou com os olhos úmidos.
— Ninguém esqueceu, vó.
Ela pôs a mão na minha bochecha.
— Você é gentil, meu querido. Você continua vindo todo mês, passando horas no trem por minha causa. Mas não se sinta obrigado.
— Eu não me sinto nem um pouco obrigado. O que seria de mim se não a visse mais, minha vozinha do coração?
Ela riu, pois era assim que eu a chamava quando era pequeno.
— Estou feliz, pois seu pai vem me ver na semana que vem. Sem a outra, dessa vez. Eu acho ela tão antipática, aquela lá. Ainda por cima, vinte anos de diferença entre eles...
— Mas quem dá bola pra isso, se eles estão felizes...
— Você é igualzinho ao seu avô, sempre querendo a felicidade dos outros — ela sorriu, dando tapinhas no dorso da minha mão. — É por isso que amo você, meu querido.

— Eu também te amo, vozinha do meu coração. Bom, tenho que correr, não quero chegar atrasado à vernissage.

— Oh espere... Não esqueça o seu dinheirinho — ela disse, já caminhando em direção à bolsa.

— Não, não, guarde seu dinheiro. Não tenho mais doze anos, não preciso mais de mesada.

— Que história é essa? Nós sempre precisamos de dinheiro.

Coloquei meu casaco de lã, enrolei o cachecol em torno do pescoço e beijei-lhe o rosto. Eu já tinha aberto a porta quando ela me segurou pela mão e disse, enfiando o dinheiro no meu bolso:

— Se não quiser esse dinheiro, o problema é seu. Mas então compre um buquê de flores para Nadège e diga que fui eu que mandei, hoje é um grande dia para ela.

No ônibus, eu estudava meticulosamente as matérias de direito. Ao passar na frente da loja da minha mãe, levantei a cabeça instintivamente. Ela estava lá, em pé na calçada, na entrada da loja, fumando um cigarro. Não me viu. Olhei o relógio, hesitei alguns segundos, porque não tinha muito tempo. Mas talvez fosse a única ocasião para vê-la e lhe contar da minha viagem, muito em breve, a Ruanda. Ela estava esmagando o cigarro no asfalto e se preparando para voltar a trabalhar quando cheguei.

— Boa noite, mamãe.

Ela se virou, parecendo surpresa.

— Milan? O que você tá fazendo aqui?

— Estou voltando da casa da vovó.

Eu via que ela não sabia o que dizer, constrangida com a minha presença repentina.

— Eu sei que você tá trabalhando, não quero tomar o seu tempo, mas como nunca conseguimos nos ver, pensei que seria oportuno te dar um oi.

— Você tem tempo para um café?
Fiquei surpreso com o convite. Ela abriu um pouco a porta da loja e se dirigiu à vendedora:
— Nadine, vou me ausentar uns minutos, assuma o caixa, por favor.
Nós nos sentamos em um bar vizinho, numa mesa perto da saída. Ela pediu dois cafés e depois olhou o relógio.
— Eu também estou com pressa — deixei escapar, para tranquilizá-la.
— Como vai sua vó?
— Ela me pareceu bem.
Ela assentiu com a cabeça. Estava procurando uma nova pergunta para fazer, a fim de evitar falar do meu pai, pois detestava falar da vida dele e, principalmente, da sua nova companheira, assim como de Nadège, cuja espontaneidade e ausência de papas na língua nunca foram do seu agrado. Se fosse possível falar do clima ou de programas de TV, ela o faria sem hesitar. Recebeu com alívio a chegada do garçom e dos cafés.
— Você me permite? — ela perguntou, me mostrando o maço de cigarros.
— Agora você fuma?
— Sim — ela disse, secamente.
— Ok... No mais, tá tudo bem? A loja tá caminhando?
— Sim, tudo bem. Dentro da rotina.
O laconismo era a sua grande especialidade. Nada do que eu dissesse suscitaria uma conversa verdadeira. Eu estava condenado a respostas curtas e cada pergunta que eu fazia parecia invasiva. Então contei a novidade sem rodeios:
— Estou indo para Ruanda mês que vem.
Seu rosto se petrificou no espaço de um suspiro. Depois ela recuperou a compostura e adotou uma expressão que significava: muito bem, estou escutando.
— Vou estudar os tribunais *gacaca* para a minha mono-

grafia. Tive a confirmação da universidade essa semana e pretendo ligar para a tia Eusébie para ficar na casa dela, agora que Mami mora em Butare.

Senti que ela ficou terrivelmente abalada. Meu jeito muito direto de contar os meus planos devia estar soando como uma provocação.

— Você poderia ter me avisado dos seus planos.

— Eu preferi te contar pessoalmente.

— Não entendo o que você vai fazer lá de novo.

— Eu acabei de dizer, vou pesquisar os *gacaca*, os tribunais populares estabelecidos pelo governo para julgar os crimes de genocídio.

— Por que você precisa ir até Ruanda para um trabalho de conclusão de curso? Você não pode encontrar um tema aqui na França, como os outros? Realmente, não entendo.

— Sou eu que não entendo você, mãe. Você não tá feliz que eu vá para Ruanda? Que eu me interesse um pouco pela história do seu país?

— Não, porque você não sabe onde está se metendo. Você tá procurando o quê, exatamente?

— Eu quero saber, quero entender. Nesses últimos meses, eu me interessei muito pela legislação em torno dos genocídios. Desde a convenção de 1948 até os tribunais populares organizados por Ruanda. Permitir à população local participar diretamente do julgamento nos lugares de massacres me parece algo inovador.

— Você é tão ingênuo, Milan. Não sei mais o que te dizer.

— Então fique feliz por mim em vez de me desencorajar.

— No fim das contas, você é um rapaz crescido, pode fazer o que quiser. Mas depois não diga que não avisei. Além disso, outra coisa, eu te proíbo de incomodar a minha família ou Eusébie. Eles já têm os problemas deles. Se você for pra lá, é para se virar sozinho. Peça para o seu pai pagar um ho-

tel. E vê se não vai remexer no passado. Eu te proíbo de fazer perguntas à minha família feito um investigador de polícia. Isso não se faz na nossa cultura, ser indiscreto. É indelicado. Você me entendeu?
— Não, não entendi, mãe. Do que você tá falando?
— Estou falando do passado, que não lhe diz respeito. Então, se você veio me encontrar para ter a bênção gentil da sua mãe, saiba que eu desaprovo completamente esse projeto.
Ela esmagou o cigarro no cinzeiro com um gesto nervoso.
— Estou indo. Tenho que voltar.
Ela se levantou, vasculhou os bolsos do casaco, tirou algumas moedas e deixou sobre o mármore da mesa, depois foi embora sem dizer uma palavra, sem um gesto, sem um olhar. Por trás do vidro, eu a vi atravessar a rua e entrar na loja. Antes de me levantar e ir embora também, esperei alguns minutos antes que as minhas mãos parassem de tremer.

A galeria estava lotada. As pessoas transbordavam nas calçadas, falavam alto, com taças de champanhe na mão. Lá dentro, fui esbarrando e abrindo passagem até encontrar Nadège, no meio de uma conversa com uma galerista. Finalmente, consegui agarrá-la pela cintura e beijá-la. Ela recuou.
— Você tá atrasado!
— Desculpe, tive um contratempo. Olha, trouxe para você.
E tirei de detrás das costas um buquê de rosas comprado numa floricultura da estação Montparnasse com o dinheiro da minha avó.
— Obrigada, é muito gentil. Mas fico parecendo meio boba com isso nas mãos. Segure um pouco para mim, por favor?
Um sujeito veio lhe dar os parabéns pelo trabalho, e eles se distanciaram, pois ele queria de todo jeito apresentá-la a

"alguém importante". Só me restava beliscar os canapés de salmão defumado decorados com ervas, quando reconheci uma voz:
— De longe, pensei que fosse um paquistanês vendendo rosas!
Eu me virei e dei de cara com o irmão de Nadège.
— Muito engraçado, Hector. O que você tá fazendo por aqui?
— O mesmo que você, aparentemente: vim para os salgadinhos e o champanhe.

Só me faltava essa, ficar preso entre a parede, a mesa do bufê e Hector, que devorava as entradinhas como um glutão, a menos de quinze centímetros do meu rosto.

— Então, parece que mês que vem você embarca a minha maninha para o terceiro mundo? Nem te conto como os meus pais estão felizes! Eles não param de se desesperar com o genocídio de lá.

— Diga que podem ficar tranquilos, vai dar tudo certo. O genocídio foi há dez anos. Ruanda está estável desde então.

Consegui me livrar daquela emboscada e fui encontrar a Nadège na frente de uma de suas fotos emblemáticas, escolhida para o cartaz da exposição: uma silhueta de mulher na noite, diante de uma imensa figueira. Ela conversava com um homem com forte sotaque norte-americano.

— Daniel, me permita te apresentar o Milan, meu "boyfriend" — ela disse com um risinho constrangido, simulando aspas com os dedos. — Daniel veio dos Estados Unidos só para ver o meu trabalho. Ele é dono da galeria de fotos contemporânea mais prestigiada de Nova York.

— Muito gentil da sua parte, cara Nadège. Não sei se somos a mais prestigiada, mas trabalhamos com os melhores! E fazemos isso com paixão. Não vou mais tomar seu tempo, obrigada por essa magnífica exposição. Você tem o meu contato, então, pense na minha proposta. Ficaríamos honrados em receber você na nossa galeria. Desejo uma excelente noite.

Assim que ele cruzou a porta, apertei Nadège em meus braços, vibrando de alegria.

— Que loucura! Um convite para expor em Nova York!

— É inacreditável! — ela observou, com uma voz que traía sua surpresa. — Esse cara dá as cartas no mercado da fotografia. Não consigo acreditar.

— Você não parece muito animada...?

— Ele me propôs ir já no mês que vem...

— No mês que vem? E a nossa viagem?

— Eu expliquei isso pra ele, mas é impossível adiar. Ele vai receber os clientes mais importantes nesse momento.

— Você vai me deixar na mão?

— Não diga isso. Você sabe que eu quero ir, mas não posso deixar passar uma oportunidade dessas...

Fomos interrompidos por convidados que queriam uma visita guiada da exposição. Terminei a taça de champanhe de um só gole e a joguei numa lixeira do lado de fora, junto com o buquê de rosas. Contrariado, com ódio, me sentei num banco, de frente para a galeria que, de longe, parecia uma gaiola de vidro onde se debatia uma fauna frívola e barulhenta. O burburinho da exposição se perdia na calma da rua. Por volta da meia-noite, quando as últimas pessoas foram embora, Nadège me encontrou com uma garrafa de champanhe aberta. Ela se sentou perto de mim e, sem dizer nada, compartilhamos no gargalo um resto de Moët & Chandon na quentura da noite. Um carro parou na nossa frente no sinal vermelho, com as janelas totalmente abertas, cuspindo os berros de Kurt Cobain no rádio. Nadége e eu nos olhamos, sorrindo. Esse som nos levava de volta a dez anos atrás, ao colégio, à adolescência, às horas passadas num banco, colados um ao outro, se beijando e escutando aquela música enraivecida que falava de nossas alegrias e desilusões.

Eu ainda não sabia, mas nossos caminhos acabavam de se separar. Nadège nunca voltaria de Nova York. Lá, ela encontraria o sucesso e o amor. Um outro amor.

Eu iria conhecer o vazio deixado por sua ausência, o cataclismo interior da primeira ruptura amorosa. Com o tempo, meu amor por ela acabaria se dissipando, sem nunca desaparecer de fato, deixando em mim uma marca, do mesmo jeito que a gente se lembra, anos depois, dos versos de um poema aprendido de cor na infância.

Ao fim de um minuto interminável, o sinal ficou verde e o carro acelerou, nos deixando sozinhos com nossas lembranças.

13.

Chovia em Kigali quando o avião pousou. No meio da multidão, avistei Claude e nos encaramos por um instante, antes de nos abraçarmos vigorosamente. Ao longo de todos esses anos, de algum modo, consegui manter contato com ele, dando um jeito de ligar de orelhões de Barbès e da Gare du Nord. Na maior parte do tempo, éramos breves, as ligações internacionais custavam uma fortuna e, além disso, ficávamos tímidos no telefone, a conversa não era lá grande coisa, mais besteiras e banalidades. Um pouco por acaso, fiquei sabendo que ia acontecer o julgamento dos assassinos da família dele. Foi então que minha ideia ganhou forma. Usei como pretexto o trabalho de conclusão de curso para justificar a minha viagem e o meu projeto. Na verdade, eu queria ficar perto de Claude naquele desafio, pois eu sabia que ele estaria sozinho. Nem minha mãe, nem Mami estavam sabendo, e ele não queria que eu contasse. Ele estava brigado com Mami, eu não sabia por quê, e tinha se mantido bem distante da minha mãe. Ela tinha me dissuadido de ligar para Eusébie pedindo hospedagem, e eu não me via indo sozinho para um hotel. Claude, que agora morava no Palácio com Sartre, se ofereceu para me receber, e eu aceitei sem hesitar, pois guardava uma lembrança inesquecível daquele templo de livros, música e festas barulhentas. No hall do aeroporto, esperando que a chuva passasse, Claude, pensativo, acabou dizendo:
— Acho que não somos mais crianças.

— Sim, sete anos, não é pouca coisa — balbuciei.
— Você não vai reconhecer Kigali, tem construção por toda parte.
— E o Palácio?
— Nada mudou por lá. Está ainda mais caótico do que naquela época.
— De todo modo, senti sua falta — eu disse, dando um empurrãozinho nele com o ombro.
— Estou feliz que você esteja aqui.
— Como você está se sentindo, poucos dias antes do julgamento?
— Sabe, eu estou esperando por isso há dez anos... Só quero ter forças para testemunhar. Vai ser a primeira vez.

A chuva havia parado. No estacionamento, respirei a plenos pulmões o ar fresco da noite, seu cheiro de húmus tropical e terra molhada. Um pensamento me fez estremecer. Eu estava voltando para cá sem a minha mãe. Naquele instante, aquilo me pareceu uma loucura. Quando passamos pelo último carro, parei na frente da moto velha e caindo aos pedaços de Claude.
— Você veio me buscar com essa geringonça?
— Pois é, é o meu novo emprego. Não trabalho mais na agência de seguros. O patrão era um ruandês de Uganda que não gostava dos sobreviventes. Então pedi demissão e decidi trabalhar por conta própria. Faço mototáxi agora!
— E onde é que eu vou colocar minha mala de trinta quilos, hein?

Atravessamos Kigali na geringonça barulhenta, equilibrando a mala entre Claude e eu. A chuva tinha voltado a cair com força, chicoteando nosso rosto. Eu estava encharcado até os ossos, mas sentia a vida vibrando em mim, ali, atrás de Claude. Reconheci Nyamirambo assim que entramos no bairro: a estrada principal, a estrada crivada de buracos e, finalmente, a pequena rua lamacenta que levava ao Palácio. Claude, com farol alto, acelerava nas poças de lama, num fabuloso jogo de equilibrista. Ele anunciou nossa chegada com buzinadas. No pátio do Palácio, um impressionante comitê de boas-vindas nos esperava, empolgadíssimo e alegre. Sartre e todas as crianças de rua, que haviam se tornado adolescentes ou jovens adultos, estavam sob o grande abacateiro com uma faixa de "Bem-vindo Milan!", e uma música do Queen fazendo tremer os alto-falantes. Meus olhos se encheram de lágrimas. Ser acolhido daquela forma era como se sentir imediatamente em casa. Todos vieram me dar um abraço caloroso. Havia novos rostos, sobretudo de mulheres e garotas. Sartre, exultante, me levantou do chão:

— Bem-vindo ao Palácio, irmãozinho, sentimos a sua falta!

O pátio estava mais entulhado e zoneado do que nas minhas lembranças. Agora tinha famílias, alguns *mayibobo* haviam se tornado pais. Claude e Sartre dividiam o mesmo cômodo abarrotado de livros e discos.

— Você vai dormir aqui — disse Claude, me mostrando um colchão surrado estendido no meio de uma bagunça indescritível. — E eu vou dormir fora. Agora tenho uma namorada que mora perto daqui.

— Tem certeza? — perguntei, um pouco decepcionado e não totalmente seguro de ficar ali sem ele, quando Sartre irrompeu no quarto, dançando, pra lá de animado e já meio bebinho.

— Bora lá, galera! A chuva passou.

— Espera aí, eu trouxe uns presentes para vocês.

Eles logo abriram os pacotes.

— Um celular! — gritou Claude. — Você é louco!

— Tem tela grande e colorida — especifiquei, apontando com o dedo para a imagem na caixa.

— O senhor agora é ministro? — brincou Sartre.
Claude me abraçou e depois se virou para Sartre:
— E você, ganhou o quê?
— As obras literárias de Jean-Paul Sartre na edição da Pléiade — disse Sartre, apertando minha mão com muita solenidade.
— Também trouxe isso: duas garrafas de vinho bordeaux!
Dessa vez, Sartre pulou em cima de mim e nos empurrou até o pátio para continuar a festa com os vizinhos. Na sequência de um banquete de rei e de uma noitada de suor, álcool e música ensurdecedora, escapuli depois da meia-noite, exausto, e desabei de uma só vez sobre o meu colchão. Fui acordado duas horas depois, atacado pela revoada de mosquitos sedentos de sangue fresco. Quando abri os olhos, Sartre copulava com uma moça, se agitando freneticamente em cima dela como um cão lascivo, enquanto lá fora a festa corria solta. Desviei o olhar e me dei conta de que minha mala tinha desaparecido. Dei um salto, e Sartre, surpreso, deu um chega pra lá na moça.
— Minha mala? Cadê minha mala? — dei um berro, por causa do volume da música e do meu pico de estresse.
— Quem? O quê? — disse Sartre, com as duas mãos escondendo suas partes íntimas, enquanto a garota pegava um lençol para se cobrir.
Ele colocou uma cueca às pressas e correu para o pátio onde a música parou bruscamente. Em kinyarwanda, exigiu que a mala fosse encontrada. Todo mundo parecia atordoado, chapado de maconha e álcool, mais disposto a dormir do que a encontrar as bagagens de um rapaz branco. Alguém foi buscar Claude, mas não o encontrou. Eu traçava um rápido inventário mental: minhas anotações de aula, meus livros de direito e os de história de Ruanda, minhas roupas, minha nécessaire, os presentes de Stella e de Eusébie. Feliz-

mente, meu passaporte, meu visto e meu dinheiro estavam comigo, no bolso do casaco.

No dia seguinte, a mala reapareceu. Foi deixada embaixo do abacateiro. Após uma inspeção, vi que estava tudo lá. Somente o presente de Stella — uma caixa de chocolates de dezesseis variedades — havia sido aberta. O ladrão havia provado um de cada variedade antes de fechar cuidadosamente a caixa.

Após as emoções daquela noite, eu só tinha um desejo: caminhar pelas ruas de Nyamirambo. O Palácio estava tão cheio de gente que era preciso fazer fila para ir às latrinas e tomar banho. Claude ainda não tinha voltado e eu sabia que Sartre, que tinha se deitado de madrugada, só acordaria de tarde. Eu precisava trocar meus euros. Lembrava-me vagamente do caminho da casa do Papi, o primo de Alfred, o militar que sonhava em ser ator de teatro. Depois de me perder duas, três vezes, reconheci as grades do terraço. Uma senhora gorda me olhou com ar surpreso quando eu disse que procurava o Papi: "Papi está em Lubumbashi. Foi pro Congo". Então perguntei por Alfred. "Não conheço Alfred." Finalmente, consegui trocar meus euros na avenida principal, e no café de um burundiano mergulhado num livro do sociólogo Émile Durkheim tomei um *chaï* bem apimentado, acompanhado de salgadinhos.

Revigorado, decidi fazer uma visita à Eusébie. Depois de uma hora de caminhada, me perdendo, dessa vez, nas ruas tranquilas de Kiyovu, reconheci a casa graças ao jacarandá de flores violetas no jardim. Bati no portão, mas ninguém veio abrir. Ao entrar no terreno, escutei uma voz franzina acima de mim:

— Olá.

Uma garotinha de olhos claros me olhava de um galho da grande árvore.

— Como você se chama?

— Milan.
— Prazer, Milan! Eu sou...
— Stella.
Ela arregalou os olhos, espantada que eu soubesse seu nome.
— Eu conheci você há muito tempo. Você era uma bebezinha minúscula. Eu carregava você assim nas minhas mãos.
— Você é o meu pai? — ela perguntou arqueando a sobrancelha.
— Eeh... Não, não sou o seu pai.
— Mamãe me disse que ela me teve sozinha, mas sei muito bem que é impossível. Até Maria precisou de Deus. Você tá procurando mamãe? Ela vai chegar já já. Mas vó Rosalie está em casa.
Stella desceu com uma agilidade espetacular e me fez sinal para segui-la, antes de se virar para a árvore e dizer: "Volto já". Examinei os galhos em busca de outra criança, mas não havia ninguém, então a segui até a sala onde a velha Rosalie estava entretida confeccionando com folhas de sisal secas delicados cestinhos encaixáveis. Na parede, reparei na moldura com a foto em preto e branco da tia Eusébie e sua família. A velha se dirigiu à Stella, que logo traduziu para mim:
— Ela disse que te conhece. Que você veio aqui quando eu tinha só alguns dias de vida.
— Sim, foi o que eu te falei.
Rosalie acrescentou alguma coisa, que Stella repetiu com um risinho:
— Ela também está dizendo que você foi a primeira pessoa para quem eu sorri.
— Sim, é verdade. Que memória!
— Vovó tem a melhor memória do mundo, melhor que a de um elefante de Akagera. Ela tem mais de cem anos, sabia? Quando nasceu, não tinha eletricidade, não tinha tele-

visão, não tinha avião, não tinha telefone, não tinha carro, não tinha torneira, não tinha televisão... Já disse isso, né? — ela acrescentou, falando consigo mesma e contando novamente nos dedos. — Ela sabe de muita coisa. Vai em frente, faz uma pergunta, ela vai te responder.

— Eeh... Não sei...

— Qualquer pergunta. Ela adora falar.

Hesitei:

— Será que ela já encontrou o rei de Ruanda?

A pequena fez a pergunta à sua bisavó, e foi me traduzindo a longa resposta na medida em que ela ia contando, com uma seriedade desconcertante para uma criança daquela idade. Era uma história de monarquia e guerras, de grandes rebanhos e clãs, de intrigas de corte e dramas familiares, uma história na qual os colonizadores chegavam e mudavam a sociedade ruandesa, medindo narizes e testas com um compasso, depois impondo uma religião e leis de fora. Absorta pelas histórias de Rosalie, Stella às vezes esquecia de traduzir e encarava a bisavó com o olhar brilhante de uma criança envolvida com as reviravoltas de um conto.

Quando chegou em casa naquela noite, Eusébie nos observou em silêncio da soleira da porta por um longo tempo, e comentou:

— Isso aqui está uma verdadeira vigília, só falta a fogueira e o tocador de cítara.

— Mamãe! — gritou Stella correndo para a sua saia.

Eusébie não tinha mudado quase nada. Parecia cansada, mas ainda exibia um rosto jovial e acolhedor. Formada em direito, ela fazia uma especialização à distância numa universidade norte-americana, e trabalhava como assistente num escritório de advogados ingleses que haviam acabado de se instalar na cidade.

— Sua mãe me ligou há alguns dias para dizer que você estava chegando. Mas ela foi evasiva. Você veio de férias?

— Não, eu vim para preparar meu trabalho de conclusão de curso sobre os julgamentos *gacaca*. Eu vou assistir a alguns processos.

— Bom, a coisa é séria então... — ela comentou, surpresa. — Me diz uma coisa, você vai sozinho? Você sabe que tudo é falado em kinyarwanda? Eu posso arranjar um tradutor para você.

— Obrigado, eu estarei acompanhado de um amigo ruandês.

Eu não sabia se Eusébie conhecia Claude, mas como ele não queria avisar a família, preferi ser discreto.

— Onde você está hospedado?

— Na casa de um amigo em Nyamirambo, mas não é o ideal. Eu estava pensando se...

— Mas é claro, meu querido! Não entendo por que você não me pediu antes. Temos um quarto de hóspedes, que você conhece bem. Vou preparar agora mesmo.

Stella pulou de alegria. Eu sabia que a minha mãe não ia gostar daquilo, mas para trabalhar no meu projeto, eu precisava encontrar um lugar calmo. Além do mais eu estava feliz em poder passar um tempo com Eusébie, Rosalie e a pequena Stella.

14.

Dia de julgamento. O júri *gacaca* estava reunido numa clareira de mato espesso e árvores de eucalipto, bem na beira da estrada asfaltada, a quinze quilômetros de Kigali. O público vindo das colinas do entorno estava sentado na grama, havia cerca de cem pessoas, na maioria mulheres, algumas amamentado seus filhos ao abrigo do sol, sob grandes guarda-chuvas coloridos. A cena era bucólica, a paisagem, idílica. De frente para a assembleia, uma mesa central onde se sentariam os juízes. À direita, o banco dos requerentes, onde Claude estava sozinho, concentrado, com os olhos fechados para evitar o olhar dos dois réus na sua frente. Eu e Sartre estávamos na primeira fileira, entre os moradores do vilarejo. Quando os sete juízes apareceram, duas mulheres e cinco homens, todo mundo se levantou. Os juízes eram simples cidadãos, moradores das colinas das redondezas, eleitos pela população local. Embora não fossem profissionais, eles representavam a autoridade delegada pelo Estado e abriram a sessão com um minuto de silêncio, em memória das vítimas do genocídio. O momento era solene. Depois, eles lembraram algumas regras de funcionamento, leram o texto da denúncia, antes de darem a palavra ao reclamante. Então Claude se levantou, abriu os olhos, enfrentou pela primeira vez o olhar dos dois réus. O silêncio era pesado. Uma brisa leve agitava a copa das árvores. Sartre se aproximou, começou a traduzir no meu ouvido as palavras de Claude.

— Eu me chamo Claude B. Sou o filho de Emmanuel M. e Solange K. Nasci em 1982 em Bujumbura, no Burundi. Meus pais eram refugiados ruandeses. Meu pai faleceu em Bujumbura, em 1983. Depois da morte dele, minha mãe voltou a viver em Ruanda, em seu vilarejo natal. Eu cresci com a minha mãe, a minha avó Vestine, a minha tia Godelieve, seu marido Bertin e seus filhos, minhas cinco primas, que tinham entre cinco e treze anos. Nós vivíamos no terreno da família. Meu tio Bertin era professor da escola do vilarejo. Minha mãe e minha tia trabalhavam no campo. Éramos uma família com uma situação estável, pois tínhamos vacas que davam leite. Nos dávamos bem com os vizinhos. Compartilhávamos as colheitas e comungávamos na igreja aos domingos. No dia 7 de abril, fomos informados pelo rádio que o avião do presidente Juvénal Habyarimana havia sido abatido. A rádio logo acusou os tútsis e incitou a população a se vingar. Eu não sabia que éramos tútsis. Em casa, nunca tínhamos falado sobre isso, mas eu conseguia perceber o medo nos olhos dos adultos. Nós fomos nos refugiar na escola do vilarejo, como muitas famílias tútsis, pois o prefeito havia transmitido a mensagem de que lá estaríamos seguros. Eram mais de quinhentas pessoas no local. Nós dormíamos onde dava, nas salas de aula ou do lado de fora, no pátio. Na manhã do dia 11 de abril, os assassinos chegaram como bestas enfurecidas e começaram a nos massacrar indistintamente. Aqueles que nos matavam eram pessoas que conhecíamos, nossos vizinhos, nossos amigos, nossos colegas, nossos representantes eleitos. A primeira pessoa que eu vi morrer foi o velho Berkimas, que morava lá, perto do rio. Ele estava sentado na grama, rezando. Quando jogaram gasolina nele e o queimaram, ele não se moveu, continuou rezando, sentado no meio do pátio. Depois eu vi o tio Bertin e a tia Godelieve serem esquartejados com facão. Minha mãe, minha avó, minhas primas e eu conseguimos fugir. Mas tinha assassinos por toda parte na colina, bloqueios nas estradas, apitos, cachorros latindo. Como não sabíamos aonde ir, voltamos para casa. A casa estava em chamas. Nossas vacas agonizavam no pasto, suas patas haviam sido amputadas pelas lâminas dos assassinos, que consideravam que as vacas também eram culpadas por serem tútsis. Então nos escondemos em nosso bananal. Foi o vizinho Gaspard que nos viu e alertou os outros. Gaspard, o filho do nosso vizinho Gédéon, um rapaz que minha avó havia visto nascer, que tomou leite na mesma jarra que a gente. Foi ele quem nos denunciou. Nós tínhamos ouvido os assassinos chegarem da colina em frente, vindo em nossa direção e cantando que iam nos exterminar. Então minha vó Vestine pediu para nos ajoelharmos em círculo, darmos as mãos e fecharmos os olhos. Ela começou a rezar. Eu me lembro precisamente do tom da sua voz, suave e tranquilo, e eu não entendia como ela podia estar tão calma. Minhas primas tremiam e choravam, repetiam o nome dos seus pais, de Jesus, Maria e todos os santos. Mamãe estava na minha frente, aterrorizada, de olhos fechados, recitando mil preces. Ouvíamos os cantos e os apitos se aproximando. Eu não queria morrer. Olhei para a mamãe. Seu terço caía no pescoço. Foi aí que vi o reflexo. Eu não saberia dizer se foi um raio de sol ou um milagre, mas a luz me ofuscou e me despertou. Eu não devia ficar ali. Esperei que a mamãe abrisse os olhos para lhe dizer adeus. Ela não fez isso. Soltei as mãos das minhas primas e comecei a correr sempre em frente. Mas mal percorri alguns metros e o Gato bloqueou meu caminho. Eu me lembro do sorriso dele, do grito da mamãe atrás de mim e da trajetória da lâmina. Depois, mais nada. Retomei a consciência muitos dias depois, na casa de uma mulher hútu que havia me resgatado e cuidado do meu ferimento, ao mesmo tempo que me escondia do seu marido, que fazia parte do bando dos assassinos. Assim que consegui andar, fugi da colina, pois temia ser capturado. Caminhei até Kigali durante a noite, evitando os bloqueios e as zonas habitadas. Na capital, fui acolhido por um grupo de órfãos. Eles se tornaram a minha segunda família. Hoje, tenho vinte e três anos. Por conta desse ferimento que não foi tratado a tempo, tenho muitas dores de cabeça, o que me impede de me concentrar por muito tempo. Precisei abandonar os estudos por isso. Se hoje estou aqui, é para confirmar que esses homens diante de mim faziam parte do grupo de assassinos. Tem Gaspard, que nos denunciou e, ao lado dele, o homem que chamamos de Gato, aquele que acertou minha cabeça com o facão. Eu espero que esses homens, ou alguém do público, me digam o que aconteceu com a minha família e onde estão os corpos dos meus parentes. Muito obrigado.

Claude se sentou no banco e fechou novamente os olhos. Num campo ao redor, uma vaca mugia. Ouviam-se também as galinhas cacarejando. Uma mulher puxou um pedacinho do vestido para chorar ao abrigo dos olhares, uma outra assoou o nariz na mão e enxugou na grama. Eu não consegui tomar nota até o fim. Gostaria de ter cruzado o olhar de Claude para lhe dizer que eu estava ali. Na minha frente, eu via o garotinho solitário que conheci onze anos antes, e pensava no abismo que nos separava naquela época, ainda hoje e, certamente, pela vida inteira. Um dos juízes pediu para Gaspard se levantar e prestar juramento: "Tomo Deus por testemunha para dizer a verdade". O rapaz estava nervoso. Seus olhos pequenos e pretos esquadrinhavam a plateia. Ele explicou com uma voz tensa que Claude mentia, que ele não havia feito nada, visto nada, ouvido nada. Gesticulava tanto, agitando as mãos em todas as direções, se perdendo em incoerências e detalhes grotescos, que os juízes e o público se puseram a rir. O presidente da seção lembrou que aqueles que confessassem se beneficiariam de penas reduzidas, enquanto aqueles que soubessem de alguma coisa e não dissessem nada seriam perseguidos. Então uma pessoa da audiência tomou a palavra. Ela se apresentou como a mulher que cuidara de Claude. Houve um leve sussurro na plateia. Ela e Claude se olharam por um instante, com uma intensidade que testemunhava um vínculo insondável. Ela contou que, naquela manhã, ela havia seguido discretamente o grupo de assassinos ao qual seu marido decidiu espontaneamente se juntar quando eles passaram na frente da casa. Escondida atrás dos arbustos, ela viu o Gato desferir o golpe na cabeça de Claude. Naquele momento, uma mulher da plateia começou a gritar que os assassinos estavam voltando. Ela parecia tomada por alucinações, berrava que os Interahamwe[9] estavam nos atacando. Várias pessoas precisaram controlá-la e retirá-la do local. Quando a situação se acalmou, a primeira mulher continuou seu relato. Ela explicou que os assassinos pensavam que Claude estava morto e o deixaram para trás. Depois, cercaram o grupo e deram ordens às mulheres e às crianças para ficarem nuas, antes de levá-las a um local desconhecido. Ela aproveitou a partida dos assassinos para se aproximar de Claude e se deu conta de que ele ainda respirava. Então o carregou nas costas e o levou discretamente para casa, passando por atalhos para não ser vista. Ela havia cuidado dele às escondidas — inclusive, do marido — por quase dois meses, depois, quando a criança já podia se manter de pé, ela lhe disse para fugir numa noite sem lua, pois os assassinos, quando não encontrassem seu corpo, desconfiariam que ele ainda estava vivo e o procurariam sem cessar. Ela concluiu o testemunho dizendo que essas matanças foram ainda piores do que as dez pragas do Egito, que ninguém havia ganhado nada com aquela loucura, que o seu marido fora punido por Deus pelos pecados de sangue cometidos, pois morrera de

---

[9] Principal milícia hútu, criada em 1992 pelo partido do então presidente de Ruanda, Juvénal Habyarimana. (N. da T.)

cólera durante sua fuga para o Zaire, e que agora ela rezava para que Ruanda pudesse viver em paz e tranquilidade. Os juízes lhe agradeceram.

Em seguida foi a vez de o Gato testemunhar. Depois de fazer o juramento, ele explicou à corte que já havia cumprido oito anos de prisão e que preferia confessar tudo para aliviar a consciência, mas também porque ele sabia que assim os juízes seriam mais clementes com ele. Era meio-dia. O calor acabava conosco. Claude, com os cotovelos apoiados nos joelhos, segurava a cabeça com as mãos e olhava fixamente para o chão. Eu estava nauseado. Sartre estava com a boca pastosa, eu podia sentir o seu hálito azedo quando ele traduzia as palavras do assassino no meu ouvido. O Gato tinha uma voz calma, que parecia se destacar das palavras:

— Tudo o que essa velha falou é verdade. Eu bati nessa criança. Foi o Gaspard que insistiu para não matarmos os outros no bananal. Ele estava apenas repetindo as ordens do prefeito, que havia pedido para não deixar os corpos apodrecendo sobre as colinas, por questão de higiene. Foi o Gaspard que teve a ideia de despir os tútsis e recolher suas roupas antes que elas ficassem manchadas de sangue. Os outros concordaram, eles queriam presentear suas filhas e esposas ao voltarem para casa à noite, depois do trabalho. Quando o grupo ficou completamente nu, nos pusemos a caminho. Eu vejo alguns deles aqui, nessa assembleia, me olhando como um criminoso. Mas naquele dia, enquanto eu atravessava o vilarejo, os mesmos que hoje me julgam estavam na beira do caminho apontando os tútsis com o dedo, rindo do corpo das mulheres, cuspindo nelas, jogando pedras, chamando-as de baratas e cobras. Talvez eu tenha matado com as minhas próprias mãos, mas vocês as condenaram à morte com seus olhares impiedosos, suas palavras e seus pensamentos. Vocês não são melhores do que eu! Eu tinha de dizer isso. Agora vou continuar. Lá no alto, em cima da colina, havia uma fossa que já havíamos utilizado para jogar alguns tútsis nos primeiros dias dos massacres. Quando chegaram lá, as garotinhas se ajoelharam e começaram a pedir desculpas por serem tútsis. As mulheres sabiam que era o fim. Nós jogamos a família inteira na fossa séptica, depois tapamos com uma chapa de concreto. Hoje, me arrependo de ter agido dessa maneira e gostaria de encorajar os homens que estavam comigo a dizerem a verdade, para liberar a consciência. Agora que me declarei culpado, tenho paz interior. Eu nunca tive ódio dos tútsis, eu cresci com eles, com boas relações com os vizinhos. Em 1994, apenas obedeci às ordens das autoridades. Eu peço perdão ao governo ruandês e a Deus pelas minhas ações do passado.

Acima das colinas, o céu estava lívido. O calor imobilizava tudo, os homens e a natureza. Os juízes terminavam de tomar notas em folhas soltas. Claude permaneceu todo o tempo de cabeça baixa. O silêncio nos ensurdecia. Gaspard foi condenado a trinta anos de prisão e o Gato, a uma pena mais leve de dezoito anos, por ter se declarado culpado.

15.

Claude não atendia mais o telefone, ele tinha ido se isolar alguns dias na beira do lago Kivu. Sartre, profundamente abalado, não saía mais da rede sob o abacateiro do Palácio. Passava os dias lendo a Bíblia, filosofando sobre a alma humana. Quanto a mim, ficava na casa de Eusébie durante o dia, enquanto ela estava no trabalho e Stella, na escola. Eu estudava minhas anotações, tentava começar a organizar o meu projeto. Mas não conseguia trabalhar. Estava perturbado, esmagado pela densidade da história, a pequena e a grande, a do Claude e a de Ruanda. Suas dores me pareciam incuráveis. Em que espécie de pântano interior as pessoas daquele país estavam vivendo?

Para me distrair um pouco, eu encontrava de vez em quando Rosalie no quintal. Sentada em sua poltrona de vime, ela fumava cachimbo com pequenos tragos e confeccionava cestas em forma de cone. Falava comigo em kinyarwanda, e eu lhe respondia em francês, aleatoriamente. Nos comunicávamos dessa maneira absurda, sem nos compreender, e ríamos muito da situação. No fim da tarde, eu ia buscar Stella na escola. Assim que me via no portão, ela corria para os meus braços e me apresentava aos amigos como seu irmão mais velho. Subíamos uma avenida larga, calma e ladeada por árvores centenárias, e ela cantarolava melodias de sua invenção. O chiado dos irrigadores automáticos nos jardins rivalizava com o canto dos passarinhos.

— Sabe, Milan, eu gosto tanto quando você está aqui.

— É gentil da sua parte. Eu também adoro estar aqui com você.
— Então, você pode ficar e morar com a gente? Seria uma boa ideia, não acha? Assim eu não vou ficar sozinha quando a bisa morrer.
— Que história é essa? A bisa não vai morrer.
— É ela que fala isso. Diz que na idade dela, ela pode morrer.
— Mas sua mãe está aqui também.
— Mamãe está sozinha, mesmo comigo.

Eu parei de andar e apoiei um joelho no chão para ficar na altura do seu rosto. Ela me encarava com seus olhos grandes e claros.

— Stella, me escute bem. Sua mamãe está com você. Você é o universo dela, o seu mundo inteiro. Além do quê, se a bisa Rosalie for para o céu um dia, ela também vai ficar ao seu lado. Como um anjo.
— Sim, ela vai para a árvore.
— Para a árvore? Que árvore?
— A árvore de flores lilás, no jardim. Ela vai morar lá dentro, com meu irmão e minhas irmãs. Aqueles que existiam antes de mim.

À noite, Eusébie voltava tarde. Stella e Rosalie já dormiam fazia muito tempo, e eu a esperava. Exausta por seus dias longos, entre trabalho e estudos, ela se acomodava no pátio, mergulhava os pés inchados numa bacia de água quente e me contava anedotas sobre os colegas de trabalho e professores. O cansaço não diminuía nem o seu bom humor, nem o seu sorriso, que eu mal conseguia discernir na penumbra.

Naquela noite, papeamos sobre tudo e nada, como de costume. Mas quanto mais a conversa se prolongava, mais claro ficava que iríamos tocar no assunto do genocídio.

— Você está avançando no seu trabalho?

— Na verdade, não. Eu não tive forças para assistir aos outros julgamentos. Os relatos são aterrorizantes. Agora entendo por que se diz que um genocídio é indizível.

— Sabe, o indizível não é a violência do genocídio, é a força dos sobreviventes para continuar existindo, apesar de tudo.

A noite estava suave, ela nos envolvia como um cachecol de plumas. Às vezes, Eusébie dava tapinhas na cabeça para acalmar as coceiras das tranças. Ela tirou os pés da bacia, secou-os delicadamente e começou a massageá-los com manteiga de karité.

— Em 1998, no verão em que nos conhecemos, participei de reuniões no âmbito de um comitê que debatia soluções para julgar os milhares de genocidas detidos. Naquela época, as prisões estavam mais do que saturadas, e nosso sistema judiciário, completamente destruído. Se não tivéssemos instaurado os *gacaca*, teriam sido necessários mais de duzentos anos para julgar a totalidade dos prisioneiros. Claro, é uma justiça imperfeita, mas tem o mérito de liberar a fala e, principalmente, de dar fim à impunidade que sempre existiu. Isso vai permitir a reconciliação e o perdão.

— Você acredita nisso?

— Na reconciliação e no perdão? Não... Eu sou uma sobrevivente. Eu vi como essas pessoas se comportaram. Mas os julgamentos são absolutamente necessários para as gerações futuras. Para você e Stella. Graças ao que fazemos hoje, vocês conseguirão conviver com os filhos deles. É a minha esperança.

*

Dia de exumação. Uma multidão imensa se reuniu no topo da colina: os juízes *gacaca*, os prisioneiros, os moradores do vilarejo, alguns trabalhadores, Claude, Sartre e eu. O

Gato indicou o local da vala comum. No lugar onde ficavam as latrinas, uma casa fora construída pela família de um assassino que tentava dissimular tais provas incômodas. Uma escavadeira chegou cuspindo fumaça preta sobre o caminho íngreme. Em menos de uma hora a casa foi demolida. Os operários logo começaram o trabalho, cavando a terra com pás. No início da tarde, um deles encontrou um primeiro crânio. Uma lona de plástico foi estendida sobre a grama para acomodar os restos das vítimas: dezessete crânios, trinta e quatro fêmures, vários ossos, roupas e objetos dispostos ao ar livre diante da multidão. Entre os objetos estava o rosário de Solange, a mãe de Claude. Em seguida, os ossos foram limpos um por um com escovas de dente antes de serem postos dentro dos caixões que seriam levados ao memorial. Sartre me explicou que, nas próximas cerimônias de abril, as vítimas seriam sepultadas durante uma celebração religiosa: enterradas "com dignidade", como se diz em Ruanda.

Foi naquela noite, em um cabaré de Nyamirambo, que Claude nos contou o seu plano. Evitávamos falar do que havíamos visto e vivido no alto da colina. Tomávamos nossas cervejas quentes sem uma palavra, escutando "Laurette", de Kamaliza, que tocava no rádio. A voz doce e trêmula da cantora nos fazia mergulhar em sonhos inacessíveis. Eu voltava a pensar naqueles camponeses que haviam cometido ou testemunhado crimes, que tinham vindo hoje observar a abertura da fossa com uma curiosidade mórbida. Aquele país me perturbava, me assustava, me enojava. Por toda parte, havia aqueles rostos banais, aquelas pessoas normais, aqueles homens e mulheres comuns capazes de atrocidades inimagináveis e que estavam entre nós, em torno de nós, conosco, vivendo como se nada daquilo jamais tivesse acontecido. E sob a terra que pisávamos todos os dias, nos campos, nas florestas, nos lagos, nos rios, nos riachos, nas igrejas, nas escolas, nos hospitais, nas casas e nas latrinas, os corpos das vítimas não descansavam em paz. Eu tinha vontade de fugir, de sair daquela terra de morte e desolação. No fim das contas, eu não pertencia àquele mundo, minha mãe tinha me prevenido, e eu não havia lhe dado ouvidos. Queria ligar para ela, pedir desculpas por ter sido cabeça dura e lhe agradecer por ter tentado me proteger daquela história cuja face odiosa ela conhecia muito bem. Essa ideia me passava pela cabeça, quando, de repente, pensei em Claude, Eusébie e Stella, e alguma coisa se fissurou em mim, deixando passar um sol insensato, a possibilidade, apesar de tudo, de vida e beleza.

Finalmente Claude rompeu o silêncio:

— Vou poder dormir em paz, agora que sei onde está a minha família.

Olhamos para ele com espanto. Depois Sartre aprovou, reconfortando-o:

— Seu coração vai ficar em paz, irmãozinho.

— Estou falando do meu sono! Não do meu coração. Meu coração vai ficar em paz quando eu tiver feito o que preciso fazer.

— Isto é? — perguntei.

Claude se aproximou puxando na nossa direção o engradado de cervejas sobre o qual estava sentado. Seu olhar estava duro e determinado.

— Daqui a dez anos, quando o Gato sair da prisão, estarei esperando por ele. Ele que não pediu perdão às vítimas, nem à minha família, nem a mim. Estarei esperando por ele quando ele estiver voltando feliz da vida da casa dos pais ou completamente bêbado do cabaré. Estarei esperando por ele. Ele me encontrará no seu caminho, de dia ou de noite. Ele vai me encontrar frente a frente e eu vou obrigá-lo a ficar de joelhos e pedir perdão às vítimas. À minha família. Em seguida, vou matá-lo. Nesse dia, meu coração vai finalmente ficar em paz. E para isso preciso da ajuda de vocês.

16.

2010

Coloquei buquês de crisântemo no túmulo dos meus avós. Eles descansavam um ao lado do outro desde que a minha avó falecera, no começo do ano. O tempo ainda não tinha corroído nada, nem o mármore branco, nem a minha dor. Algumas semanas depois da morte da minha vozinha do coração, o advogado me informou que ela havia feito um testamento em meu nome e que eu herdaria uma quantia considerável de dinheiro. Vi naquilo um sinal. Ao longo dos anos, eu havia me tornado aquilo que eu criticava em meu pai: um funcionário de escritório, angustiado com o futuro, esperando as férias e o pagamento no final do mês. Eu tinha a sensação de estar preso na minha adolescência, remoendo o término com Nadège e suportando a rotina. Minha existência era uma sucessão de dias sem sabor. Já era tempo de mudar de vida, pedir demissão do cargo de consultor jurídico na empresa onde eu definhava, entregar a quitinete que eu alugava por tantos anos, sair de Paris, fazer aquela viagem pela Europa com a qual tanto havia sonhado, aprender violão, começar a escrever, por que não...
Mas antes eu precisava voltar a Kigali. E por mais estranho que fosse, aos vinte e oito anos eu ainda precisava argumentar com meus pais a esse respeito. Meu pai insistia para que eu investisse minha herança no setor imobiliário, ele não parava de fazer simulações, de me falar de juros imperdíveis,

corretores, negócios inadiáveis. E minha mãe havia tentado me dissuadir de voltar para lá, antes de mudar de ideia. No entanto, ao pensar no telefonema de Stella, eu não hesitava nem um pouco, precisava ir.

Stella me contou sobre a morte da velha Rosalie. Queria que eu estivesse lá, e eu queria estar ao lado dela. Tentei pegar o primeiro voo para Ruanda, mas em algum lugar da Islândia, um vulcão de nome impronunciável tinha acabado de entrar em erupção e as nuvens de cinzas que ele liberava foram parar na Europa, paralisando todo o tráfego aéreo por vários dias.

Aquilo me daria tempo para ir ver a minha mãe, que precisava me entregar algumas correspondências. Mas sob a ponte ferroviária, na rue des Chantiers, me deparei com uma grande confusão, um engarrafamento por causa de um acidente. Um motoqueiro no chão, um carro com o adesivo "jovem condutor" esborrachado na moto. Ao passar, vi sangue na calçada e me juntei por alguns instantes aos curiosos que observavam o trabalho dos bombeiros. Logo senti o quanto a minha curiosidade era obscena, então fugi da minha própria vergonha e subi a rua, pensando novamente em Ruanda, na minha última viagem, em 2005. No que eu vira. Naquela vala que tínhamos aberto sob um sol escaldante, os vestígios de decomposição e o voyeurismo mórbido daqueles camponeses ao redor da vala, seus olhos famintos diante do espetáculo da morte que eles próprios haviam desejado.

Cinco anos tinham se passado desde aquele dia e aquela noite em Nyamirambo, quando Claude nos contara seus planos de assassinar o Gato. Cinco anos sem que eu voltasse a Ruanda, pois naquela noite eu tive medo. Lá, eu estava mergulhado em um mundo de dor inconcebível e de violência extrema, que davam vertigem. Eu tinha crescido num país em paz, protegido por todos os lados, ignorando a brutalidade do mundo, exceto a que chegava pela televisão. O medo de que aquela história me engolisse para sempre me fez evitar, por cinco anos, tudo o que tivesse relação com Ruanda. Os avisos da minha mãe de repente me pareciam justificados. Além disso, eu havia sido reprovado em meu trabalho de fim de curso sobre justiça popular. A banca não gostou da minha apresentação, que, segundo os participantes, parecia mais um relato do que uma monografia de direito e carecia de embasamento teórico e jurídico. Um dos examinadores me perguntou se eu tinha origens ruandesas, antes de dizer que isso era perceptível, que talvez eu não tivesse a distância necessária para pesquisar um tema como esse, que eu havia me deixado levar pela minha "proximidade emocional".

Minha mãe me deu um beijo, um pouco sem jeito. Em sua sala, arrumada como uma maquete de exposição, ela me convidou para sentar. Agora, fazia muitos anos que só nos víamos uma ou duas vezes por ano, sempre em Versailles.

— Você entregou sua quitinete?

— Sim, foi meio estranho, no fim das contas. Um aperto de leve no coração, devo dizer.

— O melhor, de qualquer maneira, é nunca se apegar a nada. Você vai viajar amanhã mesmo?

— Sim. Ao meio-dia vou almoçar com papai e à noite pego o voo para Kigali.

— E você dorme onde esta noite?

— Na casa de um amigo dos tempos da faculdade, que mora no vigésimo distrito.

— Aproveitando, pegue logo os envelopes, antes que eu me esqueça — ela disse recolhendo-os sobre a mesa de centro. — Então, esse aqui é para a Eusébie e esse para...

— Mãe. Tá escrito na frente.

— Tenha cuidado, tem dinheiro no de Eusébie.

— E no da Mami?

— Uma carta e alguns documentos importantes.
Ela foi à cozinha preparar o café. Disse alguma coisa, mas não consegui ouvir devido ao apito da cafeteira. Fui até ela e pedi que repetisse.

— Você pode dormir aqui esta noite, o sofá é muito confortável — ela disse rapidamente, sem olhar para mim.

Um calafrio percorreu minha espinha. Nesses últimos anos, eu a vi tão pouco e nossas conversas foram tão superficiais, para evitar os assuntos delicados, que esse simples convite soou para mim como uma declaração de amor.

— Com muito gosto, mãe.

O restaurante chinês oferecia bufê livre. Eu tinha uma noite inteira frente a frente com minha mãe. Uma coisa tão rara que eu não me lembrava a última vez que acontecera. Éramos os únicos clientes do local. Ela havia pedido um garfo, pois não sabia comer com pauzinhos. Fisicamente, ela não mudava. Apenas a pele do pescoço estava ligeiramente mais flácida. Ela poderia se passar por minha irmã mais velha, de tão juvenil que parecia.

O restaurante era banhado por uma luz neon vermelha, a decoração era kitsch, feita de plantas artificiais, um aquário de luz fluorescente e gatos de plástico que, nos quatro cantos do salão, balançavam as patas para frente e para trás, como se nos cumprimentassem. O som ambiente tocava músicas de Natal em chinês, embora estivéssemos em abril.

— Os garçons parecem te conhecer. Você vem sempre aqui?

— Sim, é bem prático. É perto da loja, não precisa esperar e é barato. Além disso, é pouco frequentado, o que é ótimo para mim. Tenho certeza de que não vou cruzar com minhas clientes aqui.

A visão da minha mãe comendo sua sopa de Pequim sozinha naquele restaurante vazio me deprimiu um pouco.

— Como é que vai na loja?
— Tudo bem, sempre a mesma coisa. Tenho minhas clientes habituais, felizmente, pois as vendas online estão começando a atrapalhar o prêt-à-porter.
— Você só trabalha?
— Não, não. Tiro um tempo para mim. Três vezes por semana, continuo indo à piscina.
— Fora isso, como vai a vida amorosa? — perguntei. — Você tem visto alguém?
— Como assim?
— Você não tem um namorado?
— Cale a boca! — ela gritou indignada, olhando ao redor como se estivéssemos sendo observados. — Um filho não pergunta esse tipo de coisa à mãe.
— Ah, qual é, mãe... Não tenho mais dez anos. Pode me falar se estiver saindo com alguém. E que regra é essa agora?
— Não, não... Não vou falar desse assunto com você. Não é da sua conta.
— Tudo bem, tudo bem, é sua vida privada — eu disse com um tom sarcástico levando as mãos para o alto —, mas você está me dizendo que desde papai não conheceu mais ninguém?
— Chega — ela disse secamente. — Na nossa cultura, esse tipo de coisa não se faz.
— Na nossa cultura? Espera aí... Você está falando de quê?
Ela desviou o olhar e fez sinal aos garçons para nos trazerem mais duas cervejas Tsingtao. Naquele momento, o sininho da porta soou e entrou um casal de velhos de Versailles enrolados em grandes casacos. Vi a expressão da minha mãe se contrariar.
— Não acredito... — ela sussurrou, desesperada. — É uma cliente minha. Não quero que ela me veja. Fica na minha frente, me esconda.

Eu movi minha cadeira para ficar na frente dela e ela se encolheu no assento, baixando os olhos e o queixo. Uma vez livres dos casacos e cachecóis, o casal passou diante da nossa mesa e nos cumprimentou com um "senhor, senhora", antes de se servirem no bufê. Minha mãe não ousou responder, e quando passaram novamente por nós, desejei bom apetite e eles responderam com um sorriso cortês.

— Já pode relaxar. A ameaça passou. Acho que ela não te reconheceu — cochichei.

— Você acha?

— Você sabe o que se diz por aí: todos os negros se parecem!

Minha mãe teve uma crise de riso, que ela tentou abafar tapando a boca com a mão. E lá estávamos nós, rindo silenciosamente, contraindo os músculos da barriga até doer. Ela conseguiu se recompor abanando o rosto.

— Obrigada, fazia tempo que não ria assim.

— Você deveria tirar férias.

— Sim, está nos planos. Em agosto.

— Mas ainda está longe. Você não quer vir comigo?

— Aonde?

— Bem... para Ruanda.

Ela parou de mastigar por um quarto de segundo, e o riso já não passava de uma lembrança longínqua.

— Ruanda não é férias para mim.

— Mas você ao menos pretende voltar lá um dia? A última vez foi há doze anos já.

— Não está nos meus planos — ela disse secamente.

— Olha, mãe, não é minha intenção constrangê-la. Foi uma pergunta sem segundas intenções.

— Sim, muito bem, e minha resposta foi clara, não foi?

— Não foi muito, não. Eu só queria entender.

Ela recuou na cadeira, agora completamente na defensiva.

— Não tem nada para entender. Fui embora há quase quarenta anos. Ruanda não é mais meu país. Eu escolhi minha vida, escolhi virar a página, a quem isso incomoda?

— A mim, mamãe. Me incomoda porque não conheço a página que você virou. Você nunca leu para mim.

— Pare com essa metáfora ridícula.

— Mas foi você quem usou!

— Milan, você está me enchendo com suas perguntas.

— E você com seus silêncios, mãe.

Seu corpo se enrijeceu e nós nos encaramos por alguns segundos. Eu via que ela se continha para não explodir de raiva. Depois, conseguiu se acalmar:

— Coma.

— Não estou mais com fome.

Ela me olhou com frieza, fez um beicinho de aborrecimento, e depois começou a comer. Eu saí da mesa. Quando voltei do banheiro, ela tinha pagado a conta. Nós voltamos para casa sem nos falarmos. Ela andava alguns passos na frente, naquelas ruas já vazias às dez horas da noite.

— Mãe, por favor. É um absurdo nunca conseguirmos conversar nem um pouquinho.

Ela me olhou com firmeza.

— Milan, não tenho nada para te dizer.

— Mas, eu sim. Por exemplo, não te contei a história do Claude, nem o que vivi na minha última visita.

— Vou repetir que o passado é passado — soltou ela com impaciência. — Pare de ficar ruminando. Bom, você vem ou não? — ela disse segurando a porta do prédio.

Eu hesitei um breve instante, antes de responder:

— Obrigado pelo jantar, mamãe. Eu mando uma mensagem quando chegar a Kigali.

Comecei a me afastar, rezando em silêncio para ela me chamar, me pedir para voltar, para podermos enfim conversar, nos ouvir, para ela me contar sua vida e seus pensamentos, para eu dizer o que tinha guardado no coração há tanto tempo, e nos abrirmos livremente, naturalmente, tranquilamente. Como uma mãe e um filho. Rezei com todas as minhas forças, mas, como resposta, ouvi a porta do prédio se fechar com força.

17.

O dia nascia quando aterrissei. O ar estava úmido, e Kigali, mergulhada numa neblina espessa. Não se via nada a dez metros. Quando cheguei na casa de Eusébie, ela estava em desespero total. Stella tinha desaparecido.
— Não a encontrei na cama quando acordei. Fui até os vizinhos, procurei no bairro, nada. Desde o enterro da Rosalie, ela deu para fugir toda hora. Onde é que ela pode ter se metido? Ela faz da minha vida um inferno. Sabe, Stella vai fazer doze anos, não é mais a menininha que você conheceu. O problema é que tenho um compromisso importante de manhã. Sua mãe te disse que agora eu sou deputada? Hoje vou protocolar uma proposta de lei na Assembleia Nacional. Já estou atrasada.
— Não se preocupe. Corre para o seu compromisso. Eu te ligo assim que encontrá-la.
— Obrigada, meu bem, não deixa de me avisar, tá?

Na varanda, o piar dos passarinhos cobria o rumor abafado da cidade. Dei uma pausa. O orvalho impregnava tudo. "Você está de volta", cantava uma voz na minha cabeça. O sol atravessou as nuvens, deixando à mostra um pedaço de céu azul onde um milhafre passou como um eclipse. Ao acompanhá-lo com o olhar, no jacarandá coberto de musgo, percebi uma silhueta no galho mais alto. Stella. Em vez de chamá-la, decidi escalar a árvore, apesar do líquen que deixava o tronco escorregadio. Ela estava mergulhada em seus pensamentos, com o olhar à deriva na luz pálida da manhãzinha.

— Eu devia ter desconfiado que você estava na sua árvore.

Stella se virou para mim. Ela havia se tornado uma mocinha encantadora, de rosto fino e macio, testa alta e um olhar iluminado por grandes olhos verdes.

— Eu vi você descendo do táxi, agora há pouco.

Ela deu um sorriu triste.

— Meus sentimentos, Stella. Sinto muito por não ter estado presente.

— Não tem importância. Ela está aqui agora.

Ela acariciou a casca.

— Milan, se eu te pedir para guardar um segredo, você guarda?

— Que segredo?

— O segredo da árvore.

— Mas é claro.

— Essa manhã, eu estava observando minha mãe me procurar por toda a parte, no terreno, na rua. Ela não levantou os olhos sequer uma vez. Na semana passada, foi a mesma coisa. Ela só vê o mundo à altura dela. Tantas pessoas são assim. Mas você não.

Eu senti minha cabeça rodar. Estava cansado, ou precisava de açúcar, ou então era a altitude de Kigali.

— Tudo bem? Você está todo pálido.

— Que tal descermos? Além do mais, preciso ligar para a sua mãe, para tranquilizá-la.

Depois que informei Eusébie, fui até Stella na varanda. Ela estava sentada numa poltrona de vime, bem onde Rosalie gostava de ficar:

— Não vou ousar perguntar quanto tempo você vai ficar... não, não diga nada. Não quero saber. Eu rezei para que

você ficasse para sempre. Agora que Rosalie partiu, estou sozinha no mundo.
— Mas é claro que não. Sua mãe está aqui com você.
— Não, ela trabalha o tempo todo. E quando está em casa, é como se estivesse ausente. Sinto tanta saudade da vovó Rosalie...
Sua voz falhou. Eu me aproximei para pegá-la nos braços.
— Eu gravei a vó Rosalie — disse ela enxugando as lágrimas com a palma da mão.
— Como assim?
— Cada vez que ela me contava uma história, eu gravava em fitas cassete para não esquecer nada. Você gostaria de escutar?
— Claro.
Mais tarde, Stella e eu encontramos Claude e Sartre em Nyamirambo. Era o primeiro encontro deles. O Palácio estava mais sóbrio, quase ascetizado. O pátio não era mais aquela farra alucinante. As crianças de rua tinham ido embora viver a vida em outros lugares, e as casas do terreno haviam sido repintadas, portas e janelas instaladas. Elas agora eram ocupadas por famílias modestas que pagavam aluguéis a Sartre. Claude alugava uma, mas Sartre ainda morava num cômodo abarrotado de livros e discos. Ao entrar, Stella deu um assovio de admiração diante de tantas preciosidades, depois ela nos viu, um pouco surpresa, nos reencontrando, emocionados como crianças. O tempo passava, os anos voavam, mas era como se tivéssemos nos despedido na véspera. O que realmente tinha mudado desde a minha primeira viagem era a cidade. Kigali era agora um vasto canteiro de obras. Por todo lado novas rodovias, novos bairros, novos imóveis, centros comerciais novinhos em folha.
— Não estou reconhecendo nada — eu disse, assoprando o chá que Claude acabara de me servir.

— Nós também não, fique tranquilo — respondeu Sartre. — Nós entramos na visão vinte-vinte, como dizem os políticos.

— Eles querem fazer de Ruanda uma Singapura africana antes de 2020 — explicou Claude, super sério.

— Tem muito chão pela frente — ironizou Sartre.

— E sua empresa, Claude?

— Vou receber dez motos daqui a duas semanas, importadas de caminhão por Dar es Salaam, direto da China. Estou contratando motoqueiros. Vou abrir a maior empresa de mototáxis da cidade. Antes do fim do ano, eu vou ser chefe! O chefão!

— Parabéns! Eu me lembro que você já tinha esse plano há cinco anos.

— Sim, guardei dinheiro todos esses anos e agora vou poder realizar meu sonho.

— Você vai ficar rico, isso é o que importa, feito um bom capitalista! — provocou Sartre.

— Assim ele vai poder sustentar sua vadiagem — retruquei.

— Eu reivindico o direito à preguiça. Principalmente numa cidade onde só se fala em oportunidades, negócios, investimentos e toda aquele papo-furado das empresas. Até a cultura tem se transformado em mercadoria. Se não tomarmos cuidado, logo logo os poetas não vão recitar mais nada além da tabuada.

— E você, Milan, que fim levou?

— Não fiz muita coisa. Minha vida tem sido um caos ultimamente. Preciso dar um tempo para encontrar o que eu quero fazer de verdade agora.

— Você aposentou sua toga de advogado? — perguntou Sartre.

— Eu era assessor jurídico. Pois bem, acho que o direito não é para mim. Nem trabalhar em escritório, aliás.

— Você vai fazer o quê, então? — continuou Claude, com um ar preocupado.

— Não sei. Viajar, ler, escutar música, escrever... só coisa séria.

— Escrever? Escrever o quê?

De repente, Sartre parecia interessado.

— Impressões, histórias.

— Mas o que você está dizendo?!

Claude me olhava como se eu tivesse ficado louco.

— Você poderia escrever sobre Rosalie — soltou Stella, que prestava atenção na conversa.

— Quem é essa Rosalie? — questionou Sartre.

— Minha bisavó. Ela morreu na semana passada. Ela tinha cento e quinze anos.

— Ainda existem bisavós nesse país? — perguntou Claude, debochado.

— Cento e quinze anos! *Mama Wé*, Deus meu! — exclamou Sartre. — Ela deve ter te contado um monte de anedotas, não?

— Sim, eu conheço toda a história antiga de Ruanda.

— Olha só — sorriu Sartre. — Milan pode contar a história de Ruanda desde a sua bisavó até você hoje. Isso dá o quê, quatro, cinco gerações?

— O que acha da ideia, Milan?

Stella me encarava com seus olhos grandes cheios de perguntas.

— Se não for você, sou eu que vou escrever essa história!

Sartre estava decididamente encantado com o rumo que ia tomando a conversa.

— No que você está pensando? — perguntou Claude. — Você parece preocupado.

— Na Mami. Não a vejo há doze anos. Você poderia me levar a Butare essa semana? Eu gostaria de revê-la.

— Posso ir com você? — suplicou Stella.
— Não, deixa para uma outra vez. Você precisa voltar para a escola — respondi como um irmão mais velho.
— Eu posso te levar, mas não vou ficar — disse Claude.
— Nem uma noite?
— Não quero mais ver a Mami. Ela não gosta de mim.
— Por que você diz isso?
— Eu sei, apenas sei. Não passo do filho bastardo do marido dela.

Não havia tristeza em sua voz, nem rancor aparente em sua fala, Claude dizia isso da maneira mais calma do mundo. Como se fosse óbvio.

— Em 1994, ela me acolheu por pura caridade cristã. Porque sua mãe pediu. Mas não demorei para entender que eu não era bem-vindo na casa dela. Eu representava a traição do marido, sua infidelidade. De qualquer forma, minha família está aqui no Palácio.

Aquilo foi como se rasgassem uma foto de família diante dos meus olhos, e me entregassem dois pedaços separados. Claude percebeu que eu estava chocado:

— Não se aborreça com isso. Eu vou com você até Butare. Ela te adora. Só fala de você. Você é seu único netinho, afinal!

18.

Dias depois, Claude me deixou na frente do hotel Faucon, em Butare. Antes de ir embora, ele me disse que eu ia morrer de tédio durante aqueles dias na casa da Mami. Como eu estava adiantado, antes de ir à casa dela decidi perambular um pouco. Butare tinha um ar de faroeste, com sua rua principal e seu comércio concentrado em duzentos metros: pequenos bancos, pequenos postos de gasolina, pequenos prédios administrativos, pequenas lojas, pequenos hotéis, um pequeno correio. Na estrada de Gisagara, vi a santa, única mancha branca numa decoração ocre, argilosa. Havia um jacarandá à esquerda da estátua da Virgem Maria que abençoava os caminhões de mercadorias, os carros das ONGs e os táxi-bicicletas que corriam pela estrada rumo aos pântanos coloridos, lá embaixo. Logo atrás da Virgem Maria se encontrava a maior catedral do país, construída "Em memória de Sua Majestade Astrid, querida rainha dos belgas, mãe amada do seu povo da Europa e da África". Como o diabo se esconde nos detalhes, na entrada da igreja, uma plaquinha assinada "E. Hautfenne, ourives, Bruxelas, 1936" indicava que o material de construção havia sido "trazido com dificuldade do Congo e da floresta de Nyungwe por carregadores autóctones". Um eufemismo ardiloso para falar do cansaço, das doenças e da morte ao longo do caminho.

Eu me sentei na grama embaixo do jacarandá. Era fim de tarde, naquele horário em que o sol nos quer bem. A poeira me fazia espirrar, as freiras vestidas de branco atravessavam a pista rindo, uma mosca pousou um breve instante no meu braço, depois foi embora à conquista do espaço. Eu pensava na ideia sugerida por Stella, de escrever a história das nossas famílias por cinco gerações: Rosalie, Mami, minha mãe e Eusébie, Claude e, finalmente, Stella.

O sol estava sumindo por trás do sino. Já era hora de se pôr a caminho. Em um pedaço de papel, Claude havia feito um desenho para indicar o endereço da Mami. O passeio estava agradável. Com a sua universidade, Butare fora o centro da vida intelectual do país. Hoje, era uma cidade sonolenta de charme obsoleto. Na esquina da avenida Rwasave com a avenida Mont Huye, reparei numa casinha bonita de tijolos brancos, parcialmente coberta de hera, sem cercas ou grades nas janelas. Parei e imaginei, por alguns segundos, ter vivido ali numa outra vida, feliz, com uma família amorosa, sem o espectro de tudo o que tinha destruído aquele país desde os primeiros massacres de 1959. Depois retomei a estrada, percorri ruas desertas e esburacadas, sob o olhar de árvores enormes e centenárias, casas quadradas com tetos de telha vermelha e chaminés incomuns naquelas latitudes. Durante a viagem de moto entre Kigali e Butare, colado em Claude, pensei naquele que era o elo entre nós e de quem nada sabíamos. Eu poderia aproveitar aqueles dias para saber mais sobre o meu avô Emmanuel. Cheguei na frente da casa da Mami, uma casa grande sem charme, de paredes com reboco cinza. Peguei uma pedra do chão e dei três batidas no portão de ferro para anunciar a minha chegada. Um cachorro latiu.

O pé direito alto, o eco de cada barulho, o silêncio: foram as primeiras coisas que me marcaram na casa. Naquela noite, uma vizinha passou para visitar a Mami. Depois de meia hora escutando a conversa em kinyarwanda, preso lá dentro, sem fazer nada, fiquei com vontade de descrever, à maneira de um naturalista, a cena que se desenhava diante dos meus olhos. Tirei um caderninho e uma caneta do bolso e comecei a escrever: "Já está escuro na sala. As cortinas de renda não deixam passar nenhuma luz. As sombras conversam. Minha avó está preparando o chá, o cheiro é de erva-cidreira. Ela me serve um copo de leite coalhado e uma Amstel pequena para a convidada. As xícaras são postas sobre a toalha branca da mesinha, ao lado de uma concha perolada e de um buquê de flores de plástico. Cestos sobre a cômoda e, nas paredes, imagens coloridas de um Jesus loiro de olhos azuis. O único homem que ficou na vida da Mami. Na frente da vizinha, ela exibe orgulhosamente um presente recente, uma xícara da FPR com a foto do presidente de Ruanda. Mami abre sua cerveja e a vizinha cantarola 'Tora, tora, tora Kagame' (Votem, votem, votem no Kagame). Elas já se conheciam no tempo em que se refugiaram em Bujumbura, no bairro OCAF Ngagara. Agora que voltaram para casa, estão sempre cantando. A conversa varia, elas vão de cochichos a risos explosivos. A vizinha arrota entre um sujeito e um verbo, sem nenhum constrangimento, com um quê maravilhosamente vulgar. A noite caiu e os morcegos fazem uma barulheira infernal. Outra vizinha chega com um medidor de pressão. Barulho de vibração elétrica. O aparelho aperta o pulso da minha avó: 'Onze por sete, tá bom!'. Ela fica contente. A vizinha a chama de 'Mamá Venancia'. As conversas não têm fim. Eu suponho que elas estão falando dos outros, da família, de coisas simples do cotidiano. Os celulares vibram, tocam. Elas enviam mensagens. Em uma tela de baixa qualidade, uma das vizinhas mostra a foto de um recém-nascido. Ninguém fala mais nada. Elas cochicham. Então, de repente, aumentam o volume da conversa. Escureceu. Eu não enxergo mais o que escrevo. Mami acende uma luz de neon pálida em volta da qual os insetos se aglutinam. Os rostos aparecem de repente. Inexpressivos. Uma lagartixa sobe uma parede, depois para de repente. Graças a gestos expressivos e algumas palavras em francês, entendo que estão falando de uma sobrinha que tem um rosto bonito, mas uma bunda enorme. De uma outra que tem braços gordos. Lá fora, os empregados da Mami conversam, ligam o rádio, abrem a torneira. Elas mencionam alguma coisa triste. Consigo pescar a palavra 'genocídio'. A vizinha diz 'yooo'. Minha avó reforça o tom trágico alongando as palavras, enfatizando as consoantes, começando a frase devagar, depois acelerando. A outra vizinha põe a mão na bochecha e balança a cabeça sem acreditar. Assim que uma vizinha fala, a Mami concorda com um 'yego' ou com uma interjeição bovina, um 'mmmm' declamado em todas as gradações, indo do espanto ao consentimento, passando pela reprovação. A vizinha acha que tenho 'cara de árabe'. As palavras francesas 'casamento', 'aliança', 'fim de luto' são repetidas várias vezes. As vizinhas se queixam. Toda semana precisam ir a casamentos, enterros, cerimônias de dote e de fim de luto. Tudo isso implica indispensáveis horas no cabeleireiro e nos costureiros de *mishanana* (vestido tradicional). E também uma série de 'contribuições'. Mami decidiu limitar suas doações a cinco mil francos por evento. Com uma média de três a quatro eventos mensais, fica difícil fechar o mês. De repente, as vizinhas se despedem com um último gole de cerveja. Nós as levamos ao portão, onde nos despedimos rapidamente. No casarão silencioso, as portas rangem, as chaves tilintam. Mami fecha tudo e guarda um molho de chaves no sutiã. Tem chave para tudo. Para as portas, as malas, os guarda-roupas, os armários, a lavanderia, a quitanda e o caixa. Dezenas e dezenas de chaves guardadas em saquinhos de papel kraft. Tem também a despensa de latas. Latas para o dia a dia, para o óleo, o açúcar, para a água que esquentamos de manhã no carvão vegetal e que nos permite tomar banho. Ela não deixa nada espalhado. Centraliza tudo e passa os dias abrindo e fechando coisas. Vive cercada por pessoas de quem desconfia. Ela é sozinha. A casa tem um cheiro de cera de vela misturado com feijão cozido. Sobre uma mesa na sala, ela passa a ferro seus grandes bubus e seus vestidos estampados. Eu pergunto por que ela não deixa Joséphine fazer isso. Ela murmura que Joséphine não sabe fazer, que temos que desconfiar dos sobreviventes, pois eles são maus, invejosos. Sentamos à mesa, eu tomo chá de erva-cidreira do jardim. No cardápio, batatas fritas moles, ervilha, pão com margarina. Mami abençoa a comida. Faço o sinal da cruz antes de comer. Ela ri, não é boba, pergunta se vou à igreja. Sou covarde, digo que 'de vez em quando'. Ela sabe que estou mentindo, mas a resposta agrada. Ela me serve uma vez, depois outra. '*Coma! Coma!*' Sua eterna ordem. A Mami me trata com formalidade. Não é preciosismo, mas é que, do seu longínquo aprendizado do francês, ela deve ter guardado apenas a segunda pessoa do plural. Impossível usar o 'tu' com alguém que usa 'vós', então, retribuo a formalidade. A noite avança para o dia seguinte. A luz de uma pequena loja ilumina uma rua sombria e poeirenta de Butare. Um cachorro sem nome fica de guarda. Roído por carrapatos, ele tem o olho esquerdo furado, o traseiro paralisado e é só pele e osso. Vou me deitar em meio a vapores de inseticidas que servem mais como perfume de ambiente do que como repelente de mosquito. Lá fora, os morcegos fazem uma zoada infernal. Ouço Mami arrastando os pés no corredor. O casarão ecoa. As portas rangem. Mami verifica se todas elas estão fechadas."

*

Já de manhã, Mami estava combativa e não poupava os seus dois empregados, Joséphine, que doze anos após minhas primeiras férias continuava com ela, e Segurança, o guarda do terreno, também sobrevivente. Mami os chamava sem parar, "Ngwino!" (Vem!), pigarreando com um tom descontente. No terreno também morava Gaston, um primo da Mami abandonado pelo resto da família por causa de uma deficiência mental e de quem ela cuidava havia anos. Ele ficava o dia inteiro sentado numa cadeira e tossia muito. A vó me explicou que ele tinha contraído uma nevralgia de tanto carregar engradados de cervejas e sacos de *makala* (carvão vegetal) e que aquilo tinha arruinado seus pulmões. Ela falava dele como se ele fosse criança, explodia de raiva quando ele esquecia de tomar os remédios. Desde que cheguei, Gaston me pediu dinheiro várias vezes para comprar uma cerveja na quitandinha da Mami, da qual ele tomava conta. Instalada num velho contêiner reformado, ali se vendiam sardinhas em lata, margarina, sodas, cerveja, papel higiênico, cigarros por unidade, leite em pó e em saco, preservativos, cadeados e açúcar.

Enquanto eu tomava meu café da manhã — uma xícara de café e bananas pequenas —, Mami fazia o inventário da quitanda num caderno escolar cuja capa indicava "Nome: Ntaaokaja Bernard. Escola: O Pombal. Classe: 5° ano primário". Estudiosa, ela escrevia com a mão esquerda enquanto pulverizava com a mão direita o inseticida nas moscas que se agitavam por perto. Em dois dias, eu descobrira pouca coisa sobre ela, compreendendo apenas que tinha nascido em 1931, ano em que a carteira de identidade com menção étnica fora introduzida em Ruanda. Ela fazia parte da primeira geração de ruandeses convertidos em massa ao catolicismo. Depois que a minha mãe foi embora para a Europa, Mami se exilou no Burundi para encontrar o marido, de quem tinha se separado durante os massacres contra os tútsis em 1973. Em 1994, durante o genocídio, ela se engajou nas tropas da FPR para cuidar dos feridos na retaguarda. Quando se mudou para Butare, em 2001, ela continuou trabalhando como enfermeira no hospital da cidade e, paralelamente, foi juíza nos tribunais *gacaca*, coisa que eu não sabia quando estava escrevendo minha monografia. Era uma mulher forte, o pessoal do bairro a chamava de "mulher-macho". Ela tinha feito tudo sozinha: construído sua casa, aberto pequenos comércios, comprado, vendido. Com uma calculadora na mão, ela me explicou que ganhava uma aposentadoria de duzentos mil francos ruandeses e fechava o mês com a quitanda e os quartos de hóspede construídos no jardim. Cada uma dessas informações era obtida a duras penas. Eu sentia que toda vez que eu fazia uma pergunta, ela se constrangia e se contrariava — uma característica em comum com a minha mãe. Naquela manhã, tentei assim mesmo:

— Vó, você pode contar um pouco sobre o meu avô?

Ela ergueu a cabeça do seu caderninho e me olhou com um ar indignado.

— Não, não, não... — ela repetia como se eu fosse um mendigo que a importunava.

— Como ele se chamava?

— Emmanuel.

— E qual era a sua profissão?

— Não tinha profissão.

— O Claude disse que ele era costureiro.

— Não, não, não... desempregado e bêbado. Só isso.

— Mami, você tem fotos de Emmanuel?

— Não, não, não... Não tem foto. Isso não existe.

Ela me encarava com seu jeito gelado de olhar por cima dos óculos e resmungava com muxoxos. Depois saiu para repreender algum dos empregados.

Dois dias depois, na manhã em que eu ia embora, a vó entrou no meu quarto para me dar um presente. Ela fechou cuidadosamente a porta atrás de si e pediu para eu me sentar. Cheia de cerimônia, ela me deu um abridor de garrafa em forma de martelo e uma escultura de madeira de má qualidade representando um camponês, com a inscrição "Burundi" na base. Saindo do quarto, ela deu meia-volta e acrescentou: "Desculpe, eu não tenho dinheiro". Eu me senti mais constrangido do que ela; eu, que havia chegado de mãos vazias, apenas com o envelope enviado pela minha mãe.

O ônibus para Kigali estava previsto para nove horas. Mami e eu chegamos na rodoviária às oito. Sentados lado a lado numa mureta na frente do posto de gasolina, esperamos o ônibus em silêncio, no frescor da manhã, embaixo de uma acácia moribunda, assistindo à vida passar pela rua principal de Butare. A hora avançava devagar. Depois de certo tempo, a Mami começou a me observar com insistência. Eu sentia o seu olhar sobre mim. Ela me encarava por todos os ângulos e aquilo já estava me incomodando. Foi então que, de repente, ela exclamou:

— Você se parece com o Emmanuel. Tem o mesmo perfil que ele. Uma cópia!

Ela soltou uma risada juvenil. Seu rosto se iluminou naquele segundo e sua expressão severa desapareceu. Parecia uma moça apaixonada. Quando enfim o ônibus chegou, ela tomou minhas mãos entre as suas, segurou-as por um instante como uma coisa preciosa. Depois, disse que eu era bonito.

19.

A casa da tia Eusébie ficava escondida numa vegetação densa habitada por uma infinidade de pássaros cujos cantos melódicos eu ia reconhecendo aos poucos. Eusébie trabalhava com afinco em novos projetos de lei, raramente ficava em casa. Stella agora ia ao colégio e um ônibus escolar passava todos os dias na frente do portão para levá-la às seis horas da manhã e trazê-la no final da tarde, vestida com um uniforme verde-exército, saia e camisa listrada, com gravata. Eusébie fizera questão de matricular a filha numa escola particular internacional fundada por filantropos norte-americanos que preparava as crianças da elite para grandes universidades dos Estados Unidos ou escolas europeias de prestígio. Stella era trilíngue, ia do francês ao inglês e do inglês ao kinyarwanda com uma facilidade impressionante. Mas eu sentia que ela ainda estava frágil, e já tinha adiado duas vezes a minha partida. Muitas vezes ela começava a chorar no meio de uma frase e matava aula para se esconder no jacarandá. Então Eusébie a procurava por toda parte, chamando-a no terreno e no bairro. Eu não dizia nada, cumpria minha promessa de não revelar o esconderijo. Eu guardava o segredo da árvore. À beira de um ataque de nervos, Eusébie acabou perdendo a paciência e, numa noite, depois de um dia exaustivo na Assembleia, ela chamou Stella para uma conversa franca:

— Eu te proíbo de fugir de novo, entendido? Nós te procuramos durante uma hora hoje. Você acha que não tenho mais o que fazer, além de correr atrás de você dia sim, dia não?

Stella escutava de cabeça baixa.

— Além disso, me ligaram da escola para falar das suas faltas e suas notas que só despencam. Com que cara eu fico?

Stella cutucava os dedos.

— Lembre-se que a sua escola me custa uma fortuna. Se eu trabalho tanto, é para te dar um futuro. Você não percebe a sorte que tem. O que está acontecendo com você? Eu não te reconheço mais, minha filha.

— É que... eu estou triste... eu perdi minha avó Rosalie — ela disse.

— E daí? Eu perdi meu marido, meus filhos, meus pais, meus irmãos e irmãs. E por acaso fico me lamentando?

Ainda de cabeça baixa, Stella fitava seus sapatos com o queixo tremendo.

— A partir de hoje, eu te proíbo de faltar um dia sequer na escola. E não vou repetir isso de novo.

Stella não faltou mais na escola. Ela lutava toda manhã para se levantar e encarar o dia. Isso desencadeou nela terríveis dores de barriga, que ela escondia da mãe e eu acabei descobrindo. Tive os mesmos sofrimentos na idade dela, essa dor de barriga de tanto engolir raiva, frustração, tristeza, de tanto deglutir todas as frases que queremos gritar para o mundo inteiro. Stella estava devastada pela morte de Rosalie.

Numa tarde, estávamos nós dois no maior galho do jacarandá contemplando os milhafres que rodopiavam por cima do bairro.

— É bom ter você por perto. Talvez você não perceba, mas estou feliz com você aqui. E sei que você vai voltar para a França e logo vou ficar sozinha. Sozinha de verdade, dessa vez.

Stella tinha razão, eu precisava ir embora. Meu pai me pedia todos os dias para eu voltar, encontrar um apartamento, investir minha herança no mercado imobiliário. Ele não parava de me enviar anúncios e propostas de empréstimos bancários, como se a vida dependesse daquilo. Mas antes de pensar seriamente no que faria da minha vida, eu queria passear, fazer uma viagem pela Europa, sem pressa. Sim, Stella tinha razão, em breve ela ficaria sozinha. Eu percebia a que ponto Eusébie era ausente. Física e moralmente. Stella vivia numa ilha, isolada e solitária, pendurada em sua árvore como um marujo agarrado no alto de um mastro.

— Eu tenho uma coisa para te pedir, Milan. A escola está organizando um concurso literário em francês. É para fazer a biografia de alguém da nossa família, vivo ou não. Eles vão escolher um texto para ser lido pelo autor na frente de todo mundo na festa da escola, depois o texto será impresso e distribuído aos alunos. Antes de você voltar, gostaria que me ajudasse a escrever a mais linda biografia em homenagem à Rosalie.

— Com muito gosto, Stella! Quando você precisa entregar a redação?

— Daqui a dez dias.

— Você quer contar a vida toda da Rosalie? Mas isso não é uma biografia, e sim um romance!

Eu sorria, mas Stella estava mais séria do que nunca.

— Você me ajuda?

— Toca aqui!

Ela bateu na palma da minha mão, depois se levantou perigosamente no galho e deu um grito de alegria em direção ao enxame de aves de rapina que planavam num céu azul--arroxeado. No mesmo dia, liguei para o meu pai para acalmá-lo quanto à data da minha volta, organizei algumas visitas de apartamento por e-mail e reservei as passagens de trem e ônibus da minha viagem pela Europa.

Naquela noite, no Palácio, havia certa tensão no ar. No meio da multidão, Sartre e Claude discutiam firmemente com três policiais. Enquanto Sartre se exasperava e gesticulava, Claude tentava fazer o papel de mediador e apaziguar a situação. De cara fechada, o policial que conduzia a discussão lançou um ultimato. Depois que eles foram embora, Claude e Sartre se jogaram, desanimados, com todo o peso do corpo num banco de carro velho e empoeirado que servia de sofá no pátio. Os moradores do terreno, que tinham saído para assistir à discussão, voltaram às suas ocupações.

— Vocês estão com uma cara! Podem me explicar o que aconteceu?

— É o fim da monarquia — sussurrou Sartre com o olhar no vazio.

— Recebemos uma ordem de expulsão.

— Calma aí, calma aí, que maluquice é essa?

— Os donos estão pedindo o terreno.

— Os donos? O Palácio não é a sua casa?

— É claro que é a minha casa! — exclamou Sartre. — Eu sou soberano em meu reino! Mas daí, se entrarmos nos detalhes técnicos, na lei e em todas as suas sutilezas... podemos dizer que... eu sou um soberano que mora de favor em seu palácio.

— Não estou entendendo, durante esses anos todos você morou de favor? Como isso é possível?

— Todo mundo fez isso — explicou Claude. — Depois do genocídio, se você procurasse uma casa, bastava entrar numa e ela ficava sendo sua. Foi o que Sartre fez.

— Onde você morava antes do genocídio?

— Eu venho da cidade de Gitarama. Mas aos oito anos, quando meus pais faleceram, eu me vi na rua e vim para Kigali ser *mayibobo*.

— Durante o genocídio, Sartre recuperou essa casa abandonada por seus moradores e fez dela o refúgio das crianças que cruzavam seu caminho, os órfãos como eu que sobreviveram e não tinham para onde ir. Ele as escondia, alimentava, cuidava delas. É um santo.

— Ora, ora — disse Sartre com um riso sem graça.

— Como você podia perambular por aí sem temer por sua vida, enquanto havia bloqueios por todo lado? Todos os livros que você tem, você pegava com seu carrinho em plena luz do dia, não?

— Sartre é hútu.

Notando a surpresa em meu rosto, Claude repetiu:

— Sim, ele é hútu. Seu pai era hútu. Mas em vez de participar da matança ou de se divertir caçando os tútsis como as outras crianças, ele nos salvava. Eu repito, é um justo entre os justos.

— Mas então quem são essas pessoas que estão expulsando vocês?

— Uma família de ruandeses que vive há muito tempo no Canadá — respondeu Claude. — Em 1994, eles receberam uma tia que havia sobrevivido aos massacres. Essa senhora faleceu no ano passado. Ela nunca desejou voltar a Ruanda, mas sua última vontade era que a família recuperasse o terreno.

— Eles têm esse direito?

— Ah, sim — disse Sartre. — A lei está do lado deles e a miséria do nosso.

— Não tem nenhum recurso possível?

— Nenhum — disse Claude, fatalista.

— Só resta fazer o que a gente sabe fazer de melhor, meu caro: se adaptar! — lançou Sartre, me fitando com seu olhar vesgo.

Claude se levantou, ele queria me mostrar alguma coisa. Não era longe, ficava a apenas algumas ruas. Ao chegarmos, ele empurrou um portão metálico e adentramos um pátio minúsculo. No fundo havia uma garagem fechada com uma pesada corrente de ferro. Claude abriu, acendeu uma luz de neon que piscou por alguns segundos, depois revelou dez motos novinhas em folha alinhadas em fila indiana.

— Olha só a nossa aposentadoria! Com isso, vamos sair da pobreza! — disse ele, com estrelas nos olhos.

Sartre tinha seguido nossos passos e estava atrás de nós, com um grande sorriso nos lábios:

— Felizmente, não tem só notícia ruim nesse mundo!

20.

Stella e eu avançávamos no texto. Todas as tardes, depois da escola, nos sentávamos na grama ao pé do jacarandá, com o aparelho de fita cassete apoiado no tronco da árvore, e ouvíamos a voz de Rosalie. Stella traduzia para o francês, depois eu copiava e, juntos, refazíamos as frases, cortando, aumentando, dando densidade a certas partes, deixando o texto mais coerente e fluido. O que eu encarei inicialmente como uma simples lição de casa se transformou numa verdadeira epopeia. Graças à vida rocambolesca de Rosalie, comecei a compreender a história daquele país. Do alto dos seus onze anos, Stella tinha razão em me embarcar naquela aventura. E ela reacendera minha ideia de escrever sobre a vó Rosalie e sua família.

— Pronto, acabou.

Ao ouvir o "claque" da fita cassete, Stella se levantava e ia buscar a seguinte.

— Espera... Você realmente disse que queria contar a vida inteira de Rosalie? É isso mesmo? Não só a juventude?

— Não, não. A vida inteira.

— Mas estamos nisso há uma semana e Rosalie não tem nem trinta anos na nossa história. Sabendo que ela morreu aos cento e quinze anos, você pode me dizer quantas fitas cassete ainda faltam para transcrever?

— Eh... algumas — ela acabou admitindo com um jeito inocente.

— Algumas?
Um instante depois, Stella voltou do quarto carregando nos braços uma caixa cujo conteúdo ela despejou sobre a grama. Levantei assustado. Eu tinha diante dos meus olhos uma montanha de fitas cassete do tamanho de um cupinzeiro de savana.
— Você está de brincadeira? Nós nunca vamos conseguir escutar tudo!
— Não fique nervoso.
— Mas eu não estou nervoso — eu disse, ainda mais nervoso. — É só que... caramba, precisamos entregar o texto semana que vem e eu acabo de descobrir que ainda falta a versão completa da Enciclopédia Universalis para traduzir!
— Você prometeu me ajudar...
— Sim, sim, eu disse que te ajudaria, mas não sei como vamos terminar em quatro dias...
Stella me olhava com seus olhos grandes e úmidos. Aquela biografia era muito importante para ela, era a sua forma de homenagear a bisavó. Escutar Rosalie, fazer aquilo ao meu lado, era um modo de expurgar a tristeza. Minha reação foi estúpida e desproporcional, então me acalmei.
— Deixa eu pensar, vamos encontrar uma solução. Faltam quatro dias, já contando com o fim de semana. Vamos dar um jeito.
Andei de um lado para o outro no jardim por alguns minutos quando tive a ideia de ligar para Claude e Sartre e explicar a situação. Eles concordaram na hora em nos ajudar e foi Claude quem propôs sair da cidade, trabalhar nisso à beira do lago Kivu, numa casa abandonada onde às vezes ele ia, quando precisava de calma e solidão: "Lá estaremos a sós no mundo". Convencer Eusébie não foi fácil, primeiro ela achou a ideia maluca, depois eu expliquei os benefícios daquele trabalho para Stella. "Bom, se você acha que essa biografia da bisavó pode ajudá-la a se sentir melhor, podem ir."

No dia seguinte, todos nós pegamos um ônibus na estação de Nyabugogo, em direção à pequena cidade de Kibuye, à beira do Kivu. Três horas mais tarde, quando avistamos o lago numa curva no alto das colinas, Sartre e Stella ficaram de boca aberta diante do espetáculo daquela imensa extensão de água, vasta como um céu invertido e repleta de uma infinidade de ilhotas cobertas de floresta. A casa ficava bem pertinho da água, num cenário verde-tropical. Era um velho chalé em ruínas, com uma pequena praia particular e um cais enferrujado. Ele pertencera à cooperativa suíça antes do genocídio e, depois, alguns soldados se estabeleceram ali por ser um ponto estratégico na entrada de uma baía onde os genocidas que haviam se refugiado do lado oposto, na ilha congolesa Idjwi, acostavam à noite para continuar semeando o caos na região. Desde então, o chalé estava abandonado e o seu interior, num estado catastrófico. Um pastor deve ter posto suas vacas para dormir ali, porque o chão estava enlameado e coberto de estrume. É claro que não havia água nem eletricidade, as janelas estavam quebradas e as portas sem dobradiças. Vendo aquilo tudo, senti um certo desânimo. No lugar de um escritório tranquilo para terminar a biografia, nós nos vimos, na realidade, acampando no meio de um pasto. Felizmente, Claude conseguiu encontrar alguns camponeses dispostos a nos ajudar. Eles trouxeram colchões para passarmos a noite e, juntos, limpamos rapidamente o local. Enquanto montávamos uma mesa no cais, com a pilha de fitas cassete, o toca-fitas, papel e canetas, Claude foi comprar algo para comer, engradados de cervejas e refrigerantes no centro da cidade. Combinamos que eu continuaria avançando com Stella, enquanto Claude e Sartre trabalhariam sozinhos, com um walkman nos ouvidos, traduzindo do kinyarwanda para o francês. Sartre estava encantado, sentia nascer nele asas de escritor. Quando Claude voltou da cidade com as compras, estávamos no cais, de frente para o lago, contemplando o fim do dia, o céu dourado atravessado por um voo de cormorões. Abrimos as bebidas e brindamos àquela doce recompensa.

— Claude é um espertinho — disse Sartre. — Ele mantinha todo esse paraíso em segredo.

— Como você descobriu esse lugar? — perguntou Stella.

— Encontrei esse chalé por acaso, passeando. No começo, eu vinha aqui pelo Kivu. Foi meu tio Bertin quem me falou dele quando eu era criança. Ele era professor e conhecia muitas coisas. Ele contava que no oeste do país havia um lago grande como o mar. Falava sempre desse lugar, sonhava em conhecer um dia. Há alguns anos, quando tive minha primeira moto, rodei até aqui. Que choque! Eu nunca tinha visto tanta água.

— Eu também não, é a primeira vez — disse Stella, fascinada pela paisagem.

Sartre assentiu e Claude repousou o olhar no horizonte:

— Pois é, o tio Bertin tinha razão... é como o mar.

Começamos a trabalhar naquela noite mesmo, à luz de um lampião. A voz de Rosalie habitava a noite, o doce balanço das ondas seguia o ritmo lento de suas frases. Concentrados, com fones de ouvido, Claude e Sartre transcreviam as palavras da velha enquanto Stella me traduzia cada frase com todo o seu empenho. Do outro lado do lago, nas montanhas do Congo, ouvíamos o eco dos trovões. De vez em quando, relâmpagos faiscavam na escuridão. Logo um vento fresco soprou e levamos nossas coisas de volta até a casa. Claude acendeu uma grande lareira e ajeitamos os colchões em volta para nos aquecermos. Continuamos trabalhando até tarde da noite, e cada um de nós adormeceu ao som da voz de Rosalie falando do além.

No dia seguinte, no sábado, sabendo que Stella devia entregar seu trabalho segunda de manhã cedinho, e que ainda estávamos longe de acabar, ela teve uma crise de angústia.

Eu a acalmei, nós íamos conseguir, mas precisávamos acelerar a tradução. Como o sol batia forte desde a manhã, levamos a mesa para baixo da grande figueira na praia, com suas vinhas caindo como guirlandas soltas, e nos pusemos ao trabalho. Claude logo reclamou de dor de cabeça por ter ficado muito tempo concentrado. Ele desistiu de nos ajudar e passou o dia nadando e preparando refeições enquanto assoviava hinos religiosos. Sartre, com os fones presos às orelhas, frequentemente reagia em voz alta à história de Rosalie, rindo, enxugando uma lágrima ou deixando escapar uma frase entusiasmada: "Essa mulher é fantástica! Fantástica!". Um sorriso largo de orgulho brotava no rosto de Stella.

Pouco antes da meia-noite, finalmente chegamos ao fim da tradução daquela série de entrevistas. Nós já tínhamos uma ideia, mas precisamos de mais um tempo para decidir quais partes preservar diante da abundância de anedotas e histórias da longa vida de Rosalie. Em seguida, foi a vez de Stella compor a biografia da bisavó com as suas próprias palavras. Ela ainda tinha o domingo, então se recolheu para dormir dentro da casa enquanto Claude, Sartre e eu ficamos lá fora, na varanda, bebendo nossas cervejas quentes e contemplando a noite estrelada. Eu estava exausto, mas feliz.

— Que maravilha. Eu poderia passar minha vida nesse lugar, eu acho.

— Eu gosto demais de Nyamirambo — disse Sartre. — Essa calmaria toda me dá angústia.

— Vocês já sabem onde vão morar, agora que vão ser expulsos do Palácio?

— Arranjei uma casinha no bairro, ao lado da garagem das motos — explicou Claude. — Vamos fazer a mudança das nossas coisas na semana que vem.

— Mas antes de irmos embora, vamos dar a maior festa de despedida com os antigos *mayibobo*! Todos virão, alguns até do Congo, do Burundi, de Uganda.

— Vai ficar na memória! — exclamou Claude.
— Eu espero que vocês tenham planejado um imenso pogo — eu disse, rindo.
— É claro! E tanques de cerveja de banana!
Na escuridão, sobre a água, uma canoa escorregava silenciosamente sob os raios da lua. Quase não se ouvia o barulho dos remos agitando as ondas. Claude anunciou com uma voz séria:
— Eu vou voltar para a colina da minha infância. Vou recuperar as terras da minha família.
A embarcação se afastou nas profundezas da noite. Logo desapareceu, como se nunca tivesse existido.
— Quando foi que você decidiu isso?
— Desde que recebemos a ordem de expulsão do Palácio. Essas pessoas têm razão de pegar seus bens de volta. O genocídio já tomou nossas famílias, é inaceitável que roubem também a memória dos lugares.
— E o que você pretende fazer? Morar na colina, no meio dos assassinos e suas famílias? — zombou Sartre.
— Eu só quero fazer valer meus direitos. E lembrar aos assassinos que ainda estou vivo.

No domingo, choveu sem parar. Pancadas de chuva caíam sobre o lago, deixando milhões de rastros na superfície da água. O céu estava carregado com todas as nuances imagináveis de azul e cinza. Claude e Sartre dormiram quase o dia inteiro, enquanto Stella aperfeiçoava o seu texto. Mais tarde, na estrada de volta à capital, ela continuou escrevendo, apesar das curvas e buracos que balançavam o ônibus, e terminou no último minuto, quando estávamos chegando a Kigali. E na multidão da rodoviária, em meio aos empurrões e à fumaça dos escapamentos, Stella nos agradeceu abrindo bem os braços para abraçar nós três com força.

21.

No dia seguinte, Stella entregou sua lição e eu acompanhei Claude até a colina de sua infância. Uma estrada simples e poeirenta da época dos tribunais *gacaca*, com uma parte dela agora asfaltada. No lugar dos campos e pastos, surgiam novos bairros, seguindo o modelo dos subúrbios norte-americanos. Sonho de viver em condomínio, com suas casas alinhadas uma ao lado da outra, idênticas, como um jogo de espelhos reproduzindo a mesma imagem até o infinito. Ver esse imaginário padrão de classe média ocidental exportado até os verdes pastos de Ruanda me deixava em desespero. Claude não compreendia o problema, ele sonhava em viver numa daquelas casas novas, num daqueles bairros bem organizados, com água, eletricidade, ruas bem cuidadas e segurança.

Saímos da rodovia asfaltada para pegar uma estradinha de terra que passava por riachos, atravessava campos de arroz e viveiros de peixes. Depois, a moto se embrenhou numa via ainda mais estreita que subia em zigue-zague até a colina da família dele. Na administração local, Claude explicou sua situação e se informou sobre o que fazer para recuperar suas terras. Em seguida, nos dirigimos ao vilarejo onde a visita repentina de dois estrangeiros, entre eles um branco, suscitou olhares desconfiados. "Eles me reconheceram. Estão vendo a cicatriz no meu crânio. É por isso que raspo a cabeça. Para lembrar quem eu sou."

Desde o julgamento de 2005, Claude não havia posto os pés na região. Voltar para lá, cinco anos mais tarde, lhe demandava uma vontade e uma coragem que iam além do meu entendimento. Continuávamos nossa caminhada, e a notícia da nossa chegada na colina parecia se alastrar como o medo. De repente, Claude parou: "É aqui". Do capim alto e do matagal, emergiam vestígios de um pedaço de parede e as bases implodidas do que um dia fora a casa da sua família. Ele ficou petrificado por um momento, olhando para baixo, na direção das ruínas. Num campo mais abaixo, mulheres cultivavam feijões e batatas. Claude desceu até elas. Depois ele me contou a conversa.

— Vocês sabem a quem pertence esse terreno onde vocês estão plantando?

— Ele pertence à comunidade. Nós não estamos fazendo nada de errado.

— Então esse terreno não pertence a ninguém em particular?

— Quem é você? Você não se apresentou, forasteiro.

— Você sabe muito bem quem eu sou, velha. Sua memória desapareceu como a casa que ficava aqui?

— Você foi embora há muito tempo — disse uma outra mulher com os pés cheios de terra e uma enxada na mão. — Não estamos fazendo nada de mal. Só queremos alimentar nossos filhos. Você mora e trabalha na cidade. Você é rico enquanto nós somos pobres.

— Como vocês podem ser pobres, vocês que têm suas famílias?

— Deus é pai de todos os seus filhos — declarou uma terceira.

— Eu não vim para convencer ninguém, somente para avisar. Digam aos seus homens e aos filhos de vocês que Claude, o filho de Solange, o neto de Vestine, o sobrinho de Godelieve e do professor Bertin, veio recuperar suas terras, e que ele vai voltar com as autoridades.

Em seguida, Claude foi embora sem acrescentar nada,

sob o olhar pesado das camponesas. Em pouco tempo, toda a colina nos observava. Sentíamos que nossa vinda não deixava ninguém indiferente. Na mesma noite, na intimidade de casa, as mulheres comentariam com seus homens, mais tarde, os homens comentariam entre si no bar do vilarejo, e a vinda de Claude e do mestiço alimentaria as conversas e todo tipo de especulação e fantasia, remexendo em fantasmas do passado, reavivando medos abafados, reacendendo ódios obstinados e desejos de vingança. Até o momento em que subimos na moto e desaparecemos da colina, sentimos o peso em nossos ombros das centenas de olhares aterrorizados. Ouvíamos o pânico de toda uma comunidade zumbir em nossos ouvidos.

*

Naquela noite, descendo do ônibus escolar, Stella correu para os meus braços para me contar a boa notícia. Seu texto havia sido escolhido para a grande festa da escola no fim da semana. Mais tarde, ela disse à sua mãe, entusiasmada:

— Mamãe! Eu ganhei! Eu ganhei! A biografia da vó Rosalie foi escolhida!

Emocionada, Eusébie segurou o rosto de Stella entre suas mãos.

— Estou tão orgulhosa de você, minha filha. E de lá de onde ela nos vê, Rosalie também está.

— Você quer que eu leia para você? — propôs Stella dando pulinhos.

— Não, não, eu prefiro descobrir no sábado. Você tem que treinar bastante enquanto isso, está bem?

— A começar por esta noite! — disse Stella, indo se refugiar no quarto.

Eusébie retirou seus sapatos e estendeu as pernas na mesinha da varanda.

— Você está com uma cara exausta. Você não para nunca?

— É verdade... Às vezes, a gente gostaria que as coisas andassem mais rápido.

— Eu tenho a impressão de que as coisas avançam. Esse país não parece mais nem um pouco com o que era quando eu vim pela primeira vez.

— É claro, mas ainda temos muitos bloqueios, principalmente na cabeça. Viemos de longe e ainda há muito o que fazer. Ainda estamos resolvendo emergências, dezesseis anos depois. E tudo o que construímos é tão precário...

— Você nunca quis ir embora? Recomeçar do zero?

— Recomeçar do zero, é só o que tenho feito. Mas ir embora, não. Que vida eu teria no exterior?

— Não sei. Minha mãe foi embora, não foi?

— Sim, é verdade. Mas, você sabe, sua mãe também tem uma história complicada.

— Não, eu não sei de nada, justamente. Ela não fala comigo sobre isso.

— Não é fácil falar. Muito menos com os filhos.

— Mas você pode me contar?

— Não, não posso. É Venancia quem deve fazer isso. Dê um tempo para ela.

— E se ela nunca fizer isso?

— Dê um voto de confiança.

Era meia-noite. Eusébie e Stella tinham se deitado cedo. Tudo estava calmo e mergulhado na escuridão. Quando estava quase dormindo, recebi uma mensagem de Sartre: "Corre para Nyamijos, está pegando fogo, tá tudo queimando!". Desesperado, saí de casa sem fazer alarde e, uma vez na rua, voei em direção a Nyamirambo. De longe, avistei as chamas e uma impressionante nuvem de fumaça preta mais escura do que a noite. Comecei a correr enquanto tentava ligar para Claude e Sartre, mas nenhum dos dois respondia. Ao me aproximar, entendi que o incêndio não era no Palácio. Fui até a rua para onde Claude e Sartre deviam se mudar. Um cheiro forte de gasolina e de plástico queimado me obrigava a cobrir o nariz e a boca com a gola da camiseta. Havia uma aglomeração enorme, como se o bairro inteiro tivesse marcado um encontro para contemplar a noite ardendo em chamas. Abri caminho na multidão. Avistei Sartre e ele se virou para mim, com um olhar perdido, abatido. Claude não estava em lugar algum e, como Sartre não dizia nada, temi o pior. Meu coração começou a bater sem parar.

— Cadê o Claude? — balbuciei.

Ele apontou para um homem coberto de fuligem, com as roupas rasgadas e as mãos provavelmente queimadas. Quando me viu, Claude correu até mim, me abraçou e começou a chorar muito. Ele chorava de raiva. Depois, deu um passo para trás, limpou o catarro do nariz com o antebraço e se virou para o fogo.

— Anos de trabalho viraram fumaça.

— As motos?

— Sim, as dez motos que estavam na garagem — confirmou Sartre.

— Eu tentei apagar, mas tudo foi rápido demais.

— Você queimou as mãos? Deixa eu ver.

— Isso não tem a menor importância! Eu estou dizendo que perdi tudo!

— O que aconteceu?

— Não se sabe... — suspirou Sartre.

— Foram as pessoas da minha colina — interrompeu Claude. — Foram eles, tenho certeza! Eles se vingaram da minha visita.

Sartre me olhou com pena, como quem diz que Claude estava delirando. Nesse meio-tempo, os bombeiros tinham acabado de chegar, mas já não havia nada para salvar, as motos estavam derretidas, calcinadas.

— Não diga isso, meu irmão. Como aqueles camponeses poderiam saber onde você mora em Kigali? E viriam até Nyamirambo no meio da noite só para incendiar uma casa? É improvável. Esses caipiras não conhecem a cidade grande.

— Sim, foram eles. Eu sei.

No dia seguinte, depois de ir ao hospital fazer curativos nas mãos, Claude foi bater no portão da casa de Eusébie. Ele tinha os olhos inchados de cansaço, o rosto abatido e as duas mãos enfaixadas.

— Conseguiu dormir um pouco?

— O destino está me perseguindo, Milan. O que foi que eu fiz para receber esse castigo divino?

— Pare com isso. Não é culpa sua — respondi, sem pensar muito.

— Não sei se consigo me recuperar depois dessa. Há anos que venho trabalhando para realizar meu sonho e tudo foi destruído num piscar de olhos.

— E o seguro?

— Não tinha seguro. Eu sou pobre, Milan. Essa noite perdi tudo o que tinha.

Diante do seu rosto devastado, comecei a compreender a dimensão da catástrofe.

— Estive pensando nas últimas horas — disse Claude. — No começo, não achei que fosse uma boa ideia e comentei com o Sartre, que me aconselhou a falar com você. É o seguinte, a única família que me sobrou é você e minha irmã, sua mãe. Embora não sejamos próximos, ela é de fato minha irmã. Temos o mesmo sangue. Eu vim te pedir um conselho. Você acha que ela aceitaria me emprestar dinheiro para comprar as motos de novo? É muito dinheiro, dez motos, mas se

eu não comprar dez, perco a licença comercial que consegui e terei de recomeçar do zero. Não sei se sou capaz disso.
Eu não sabia o que dizer. Como ela ia reagir?
— Você sabe o quanto minha mãe é complicada. Mas pergunte a ela, e você verá.
— Não, eu gostaria que você fizesse o pedido por mim. Você é o filho, é você quem deve mediar. Vai ser menos humilhante para mim se ela recusar, e mais fácil para ela dizer não.
— Hum... Posso tentar. Mas dela podemos esperar tudo. Vou telefonar essa noite. Te mantenho informado.

Minha mãe atendeu no primeiro toque. Eram oito horas da noite, eu podia ouvir o noticiário na TV ao fundo. Eu a imaginava sozinha, sentada no sofá com seu prato sobre os joelhos, diante das notícias. Essa simples visão me trouxe de volta um sentimento de infância, um mal-estar daquele tempo de inércia televisiva, aguentando um fluxo de notícias angustiantes em meio ao silêncio familiar. Essa sensação permaneceu comigo durante toda a conversa. Aos quase trinta anos, balbuciei como uma criança antes de formular minha pergunta. E, como era de se esperar, a resposta foi contundente:
— Você está me ligando para pedir dinheiro?
— Bem... sim. Mas não é para mim, é para o Claude.
— Então por que ele mesmo não me liga?
— Ele está muito abalado. E acho que ele fica sem graça de fazer esse pedido.
— Então você disse para ele: já sei, vou ligar para minha mãe e ela vai te ajudar.
— Não, eu não disse isso. Ele apenas achou que, sendo você a única família que lhe resta, ele talvez pudesse contar com sua irmã mais velha.

— Se sou da família, ele não deveria ter vergonha de me ligar diretamente, não?
— Não me diga que você ficou chateada porque sou eu que estou ligando...
— Não fiquei chateada.
— Ficou, sim. Eu sei quando você fica.
— Abaixe o tom, Milan! — ela esbravejou. — E, aliás, estou aqui pensando, você recebeu uma herança, por que você mesmo não o ajuda?
— Porque eu prometi ao papai que usaria esse dinheiro como entrada para comprar um apartamento.
— E você já pensou que eu também posso ter problemas de dinheiro? Não, isso ninguém pergunta.
— Bom, deixa pra lá, mãe. Eu entendi a mensagem. Não vou mais te incomodar.

Desliguei e enterrei minha cabeça no sofá para gritar. Depois saí para tentar espairecer, esfriar a cabeça. Sempre esse muro áspero e a impossibilidade de conversar sem conflito. Como dizer ao Claude que sua irmã decidiu abandoná-lo de novo no momento em que ele mais precisava dela?

De tanto andar, fui parar nas ruas de Nyamirambo. Os bares estavam lotados e os clientes já completamente bêbados. O álcool aliviava a dor e diminuía o sofrimento. As pessoas, tão calmas durante o dia, se tornavam irracionais quando chegava a noite, bebiam até a loucura, até a indecência, para se esquecer, fugir, escapar por algumas horas de sua mente e do cotidiano, drenar a tristeza e silenciar as lembranças que perturbavam a consciência. A consciência dos carrascos, a consciência das vítimas. A consciência de um povo, incurável.

Eu perambulava sem rumo pelas ruas com minha melancolia, feito um cão vira-lata. Ainda estava pensando na conversa com minha mãe quando me deparei com a entrada do Palácio. Hesitei em dar meia-volta. Não ousava enfrentar o olhar de Claude. Mas eu também precisava de uma presença naquela noite sem consolo. Claude e Sartre estavam afundados num banquinho no meio do pátio, já um tanto embriagados, com os olhos vermelhos, o olhar cansado, as garrafas de cerveja aos pés, amontoadas como um troféu de guerra. Eu me sentei ao lado deles.

— Imagino que vocês vão cancelar a festa de despedida depois do que acabou de acontecer...

— Pelo contrário, é mais uma razão para se embebedar e esquecer — respondeu Sartre, colocando uma cerveja em minhas mãos.

Bebemos vários goles sem dizer nada. Quando Claude me perguntou se eu já tinha falado com minha mãe, respondi: "Ainda não".

22.

Havia chegado o grande dia! No sábado pela manhã, Stella veio me tirar da cama. Ela estava com seu vestido mais bonito e lindos sapatos envernizados. Na véspera, Eusébie a levara ao salão de beleza para fazer uma escova especial. Ela não se aguentava de impaciência. O texto estava na ponta da língua, ela o havia lido mais de cem vezes e planejado como iria apresentá-lo, escolhendo as entonações, a velocidade de leitura, até a posição precisa do corpo. Antes de entrar no carro, eu a avistei cochichando discretamente algumas palavras ao jacarandá no jardim. Na escola, algumas centenas de 4 x 4, SUVs e sedãs estavam paradas no imenso estacionamento. Os alunos e seus pais estavam todos muito bem-vestidos. Esperava-se a visita de pessoas importantes, muitos filantropos norte-americanos tinham vindo dos Estados Unidos, e, segundo boatos, a primeira-dama do país também estaria presente. Acompanhamos Stella até as salas de aula atrás do ginásio onde as crianças se preparavam para subir ao palco para recitais de música de câmara, apresentações de dança clássica e balé ruandês, discursos em prol do meio ambiente e peças de teatro sobre a resiliência e a união nacional. Stella nos beijou antes de desaparecer com um sorriso radiante no rosto, na agitação dos preparativos. No caminho até o grande pátio onde aconteceria o espetáculo, Eusébie parava a cada dois metros para cumprimentar colegas do Parlamento, diplomatas estrangeiros e oficiais do alto escalão do exército, todos ali presentes para afirmar sua posição social e garantir que as exorbitantes taxas escolares que gastavam com seus filhos estivessem sendo devidamente empregadas. Stella reapareceu de repente, parecendo arrasada.

— Não vou mais ler meu texto.
— O quê? — eu disse, atordoado.
— Vieram me explicar que o júri se confundiu e outro aluno foi escolhido.
— Vem comigo — ordenou Eusébie. — Isso não vai ficar assim!

O vice-diretor nos recebeu friamente, repetindo a mesma história de confusão na seleção. Eusébie pediu para falar com o diretor, que afirmou não estar sabendo daquela trapalhada. Cada um jogava a culpa no outro. Até que tudo ficou claro: a criança selecionada no último momento escrevera um texto elogioso sobre o pai, que estava presente na sala e era um dos ministros mais proeminentes do governo; houve pressão nos bastidores e a administração da escola cedeu. Não havia nada a ser feito. Stella se recusou a ficar na festa e, ao longo do trajeto e das horas que se seguiram, ela chorou todas as lágrimas do seu coração ferido pela injustiça antes de se fechar no quarto o dia todo.

Sem mais compromissos, Eusébie voltou ao escritório. Trabalhar era seu vício, seu modo de não afundar no próprio caos interior. No fim da tarde, enquanto eu me preparava para sair, Stella apareceu na frente do meu quarto.

— Você vai ao Palácio? — perguntou ela, do vão da porta, com uma voz sem resquícios de tristeza. — Vai ter muita gente?
— Sim, acho que sim.
— Você me leva?
— Não acho que seja um lugar muito apropriado para a sua idade.
— Eu vou — ela disse, autoritária. — Vou ler meu texto lá.

— Sinceramente, não acho que seja uma boa ideia. Pode ter muito barulho e confusão nessa festa, não é o lugar certo para você.
— Não tem importância.
— Além disso, a maioria das pessoas não fala francês, ninguém vai entender.
— Eu vou ler em kinyarwanda.
— Em kinyarwanda? Você precisa traduzir para fazer isso, não?
— Já traduzi.
— Você traduziu seu texto?
— Sim. Eu sabia da festa no Palácio. Eu ouvi vocês no fim de semana passado, no lago. Então, quando voltamos agora há pouco, me tranquei no quarto para trabalhar. É a minha última chance de ler antes que você volte para a França.
— E eu que pensei que você estivesse se remoendo na cama desde cedo.

Stella tinha os dois olhos cravados nos meus e eu compreendi que naquele instante preciso nada no mundo importava mais para ela. Só me restava avisar Sartre, Claude e Eusébie que Stella leria o seu texto sobre Rosalie naquela noite no Palácio, na grande festa de despedida antes da mudança.

O tempo havia deixado seu rastro. As crianças do Palácio tinham se tornado cidadãos, pais, artesãos dignos, comerciantes honestos, crentes fiéis. Os outros, aqueles que não estavam presentes naquela noite, estavam mortos ou quase mortos, consumidos por doença, brigas, suicídio, álcool, loucura, fome ou tudo isso junto. Alguns me reconheciam e me davam tapinhas nas costas, me abraçavam, emocionados por me verem ao lado deles naquele *grand finale*, aquela festa de despedida da república de crianças selvagens. Os antigos *mayibobo* haviam trazido a família, os amigos, e os amigos de amigos foram chegando também, como alguns moradores do bairro que conheceram os tempos áureos do Palácio. Stella voltara a usar seu vestido mais bonito, fizera um penteado, pusera até um pouco de sombra nos olhos. Ela estava esperando embaixo de um grande abacateiro, de braços cruzados atrás das costas, com seu texto numa mão, como uma atriz de teatro entregue ao exercício da profissão. Sartre proibiu que abrissem os engradados de cerveja antes da chegada de Eusébie e da homenagem à Rosalie. Caso contrário, ninguém mais teria a atenção necessária para ouvir a menina e, uma vez aberta a primeira garrafa, a noite seria apenas um imenso tobogã de embriaguez até o dia seguinte. Claude improvisou um pequeno palco com algumas tábuas e foi Sartre quem subiu primeiro. Ao vê-lo, o público começou a aplaudir sem parar, a assoviar, a gritar, a entoar "Papai! Papai! Papai!", que era como os *mayibobo* o haviam chamado por todos aqueles anos, aquele moço tão jovem e que, no entanto, cuidara de cada um deles como um pai. No momento em que ele tomou a palavra, Eusébie apareceu no pátio. Eu corri ao seu encontro. Desconfortável, ela parecia se perguntar onde tinha se metido e que raios fazia naquela balbúrdia vagamente clandestina. Ao me ver, a preocupação desapareceu do seu rosto. Ela sabia o quanto aquele momento significava para Stella e queria causar uma boa impressão.

    O discurso de Sartre sobre a história do Palácio, o amor que tinha por cada um dos *mayibobo* e as dificuldades que enfrentaram juntos se arrastou demais e acabou ficando um pouco pomposo e pedante. Os convidados só estavam esperando uma coisa: que começasse a festa. Quando ele terminou sua elocução ao som de aplausos, Claude anunciou a leitura de Stella e pediu que escutassem com atenção, insistindo na importância daquela homenagem para a jovem. Um murmúrio percorreu o auditório e os convidados procuraram Stella com o olhar. Eu havia instalado Eusébie na primeira fila, sobre duas cadeiras de plástico empilhadas uma na outra.

Stella subiu ao palco, miúda e franzina em seu vestido leve, seus sapatos envernizados, séria nos gestos e na expressão. Fez-se silêncio. Ela pôs o texto diante de si, segurando-o firmemente com as duas mãos, antes de voltar seu olhar límpido para a plateia. Primeiro seus olhos, depois sua voz e, por fim, sua história hipnotizaram o Palácio inteiro. Nós ficamos fascinados pelo contraste entre a aparente fragilidade da garotinha em pé no palco improvisado e a convicção de sua leitura. Quando ela terminou a última frase, era possível dizer que uma presença pairava sobre o pátio. Eusébie se levantou para abraçar a filha e houve aplausos, tímidos num primeiro momento, depois cada vez mais fortes. Eu me juntei a elas no palco, envolvendo mãe e filha em meus braços. Stella tinha um olhar apaziguado, sereno. Ela acabara de dizer adeus à bisavó.

O resto da noite foi um aumento gradativo de música, álcool e euforia. À sua maneira, cada um prestava homenagem àquele lugar que o acolhera no meio do desastre. E nós também nos despedíamos, sem palavras nem discursos, simplesmente estando lá, juntos, uns com os outros, uns pelos outros, como uma grande família de garotos solitários. Foi no turbilhão da festa, no meio da barulheira, do cheiro de álcool e carne assada, que Claude pôs uma mão em meu ombro para perguntar de novo se eu tinha falado com minha mãe. O baixo e a bateria cobriam nossas vozes. Estávamos pingando de suor, com os olhos turvados, oscilantes. Eu gritei na sua orelha: "Ela não quer te ajudar. Mas dane-se! Sou eu que vou te emprestar todo o dinheiro que você precisa! Estou aqui para o que você precisar. Não vou mais te abandonar! Nunca mais!".

Eu mal havia terminado minha frase quando o pogo me jogou na multidão daquelas grandes crianças eufóricas. Cada batida de ombro me lançava para o outro lado do pátio, me sacudindo contra as paredes rachadas do Palácio, contra seus velhos muros prestes a desabar, recebendo água de todos os lados, e, levado pela força das correntes, enrolado numa onda, eu me entreguei completamente à vida que estava diante de mim.

23.

No dia seguinte, quando saí na varanda no fim da tarde, Stella me aguardava, sentada na poltrona de Rosalie, de frente para o jacarandá. Ela segurava seu texto com as mãos.

— Como ontem eu li meu texto em kinyarwanda e você não pôde entender, eu queria ler a biografia de Rosalie em francês. Só para você.

A festa da noite anterior ainda ecoava em meus ouvidos. Eu me sentei bem na frente de Stella, com um grande copo de água gelada na mão. O ar tinha um cheiro de grama recém-cortada e de fogueira. Centenas de aves de rapina planavam em círculos concêntricos por cima de Kiyovu. Naquela hora do dia a luz era a mais bonita entre o Equador e o trópico de Capricórnio. Fechei os olhos.

"Eu me chamo Stella, tenho onze anos e tive a sorte de crescer perto da minha bisavó, Rosalie. Quando ela nasceu, recebeu o nome de Nyirankusi. Ela nasceu em 1895 na colina de Nyanza, em noite de lua cheia após a morte do grande rei, Mwami Rwabugiri, monarca lendário e grande conquistador que, durante o seu reinado, estendeu seu reino para muito além das fronteiras da Ruanda atual. O pai de Rosalie era um *umwiru*, isto é, um conselheiro real que em 1894 organizou o encontro entre o Mwami e o conde Gustav Adolf von Götzen, oficial alemão e o primeiro europeu recebido na corte real. Naquela ocasião, o Mwami, que nunca havia visto um branco na vida, pediu ao oficial alemão que lhe mostrasse os joelhos, porque não podia conceber que ele fosse branco da cabeça aos pés. Depois da morte do Mwami, assassinado no lago Kivu numa expedição militar contra o Reino Bushi, uma breve guerra de sucessão eclodiu, durante a qual o pai de Rosalie foi morto. Rosalie, seu irmão mais novo Gasana e sua mãe, que era uma das damas de companhia de Kanjogera, a rainha-mãe, se mudaram para o palácio do novo rei, Yuhi V Musinga. Rosalie cresceu entre as crianças da família real, dentre elas o filho de Musinga, príncipe e futuro rei Rudahigwa. Rosalie tinha a difícil tarefa de cuidar das jarras de leite da família real, trabalho prestigioso reservado às meninas virgens, que ela desempenhou até o seu primeiro casamento. Naquele tempo, a corte real de Nyanza vivia ao som dos grandes tambores *ingoma*, que ressoavam desde a manhã até a noite para dar ritmo ao dia do rei. As batidas se misturavam aos cantos melodiosos dos pastores que cuidavam dos *Inyambo*, vacas Ankole de grandes chifres em forma de lira.

Rosalie passou seus primeiros anos em um universo assombrado por segredos, conspirações e intrigas políticas, onde assassinatos por envenenamento eram moeda corrente. Mas também viveu os anos mais emocionantes da sua existência, porque o pequeno reino de Ruanda, terra do leite e do mel, da vaca sagrada e do deus Imana, encravado nos altos planaltos da África, entre o lago Kivu e as grandes planícies de Kagera, tinha acabado de se abrir ao mundo exterior e à modernidade. Foram os soldados alemães quem primeiro se instalaram em Nyanza, trazendo consigo objetos curiosos e novos conhecimentos que deixaram o rei maluco: o primeiro automóvel, que assustou a população, mas interessou a tal ponto o rei que ele pediu que desmontassem a máquina para entender o que havia nas entranhas daquele touro de ferro; a luneta, que fazia o olho viajar a distâncias sobre-humanas; o gramofone, caixinha que continha as vozes de espíritos invisíveis. Mas a descoberta que mais interessou Musinga foi o fuzil, estranho caniço que cuspia fogo e provocava a morte. Naquele dia, Rosalie correu para se esconder no seu *urugo*,[10] pois o rei, achando aquilo engraçado, atirava em tudo o que se movia, matando vários empregados por simples diversão. Depois dos soldados alemães, foi a vez dos padres brancos se estabelecerem em Ruanda. Trouxeram com eles uma crença que logo despertou a desconfiança do rei Musinga.

Essa nova religião chamada cristianismo, em referência ao nome do filho de carne e osso daquele deus estrangeiro, foi rapidamente aceita e aclamada pela juventude do reino e até mesmo por Rosalie. Apesar da proibição de sua mãe, ela foi batizada na igreja de Save pelos padres brancos, e foi aí que mudou seu nome de Nyirankusi para Rosalie. No ano seguinte, Rosalie foi obrigada a se casar com um chefe tradicional quinze anos mais velho do que ela, com quem teve o primeiro filho, um garoto chamado Aloys. O marido morreu alguns meses depois das núpcias, num combate entre alemães e belgas que reinavam na região vizinha do Congo. Essa guerra travada pelos alemães e os belgas em Ruanda ocorria, ao mesmo tempo, na longínqua Europa.

Após a derrota dos alemães, em 1916, os belgas se instalaram em Ruanda e logo se intrometeram na vida política do reino, exigindo mudanças profundas no governo do rei e fazendo dos chefes locais agentes à sua disposição. Ao sul do país, a um dia de caminhada de Nyanza, eles fundaram a cidade de Astrida, nome da rainha deles (tornou-se Butare, com a independência), para construir ali a primeira escola de ensino médio, o grupo escolar Astrida, destinado a formar as elites administrativas e os futuros líderes do país — 'os evoluídos', como se dizia.

---

[10] Habitação tradicional ruandesa. (N. da T.)

O irmão de Rosalie, Gasana, foi um dos primeiros estudantes de Astrida. Ele era da mesma turma que Shema, um jovem por quem Rosalie se apaixonou perdidamente. Eles se casaram na igreja, contra a vontade da sua mãe, que não assistiu à união diante do deus dos brancos. Pouco tempo depois, Rosalie se tornou mãe de duas filhas: Spéciose e Mariana.

Foi naquela época que Gasana e Shema revelaram à Rosalie a maneira como os belgas ensinavam a história de Ruanda. Segundo eles, havia em Ruanda três raças distintas: os 'hamitas', povo de pastores que vinham das altas planícies da Etiópia e do Egito antigo; os 'bantus', fazendeiros e agricultores vindos da África Central que se estabeleceram em Ruanda muito antes dos 'hamitas'; e, enfim, os 'pigmeus', feiticeiros e ceramistas, descendentes dos primeiros habitantes da região.

O que Gasana e Shema contavam, Rosalie ouvia também da boca dos padres brancos quando ia à paróquia. A qual dessas três categorias ela pertencia? Ela não sabia. Sabia apenas que seu pai fazia parte dos Abatsobe, o clã dos conselheiros do rei, guardiões dos segredos e dos rituais reais, e que era da casta tútsi, pois ele havia recebido vacas do Mwami. Mas seus tios, que também faziam parte dos Abatsobe, eram hútus, pois não tinham vacas e cuidavam da terra. Já sua mãe era do clã dos Bega, e o pai da sua mãe, grande proprietário de terra da casta dos hútus, se tornou tútsi ao fim da vida e recebeu do rei um rebanho de vacas como recompensa por suas proezas militares nas guerras de conquista no Oeste.

Para provar cientificamente essa teoria, cientistas belgas utilizaram todo tipo de instrumento de medida, como craniômetros ou compassos antropométricos, para medir narizes, testas, orelhas, braços, tíbias, mandíbulas e deduzir dessas observações sobre a aparência física a natureza profunda e o caráter de cada ruandês e do seu suposto grupo. Assim, foi decretado que os altos e magros eram tútsis e os pequenos e robustos, hútus. Que os tútsis eram espertos e refinados e os hútus tímidos e preguiçosos. Quando a carteira de identidade étnica foi estabelecida e se tornou obrigatória para todo ruandês, o rei Musinga foi contra, assim como sempre se recusou a se converter ao catolicismo. A administração belga e os missionários decidiram então destituí-lo e exilá-lo no Congo belga. Dois dias depois, seu filho Rudahigwa, católico fervoroso, foi reconhecido como Mwami, não mais pelos conselheiros reais como antigamente, mas diretamente pelo governador belga e pelas autoridades eclesiásticas que o nomearam Mutara III. O rei Musinga morreu de tristeza alguns anos depois, às margens do Tanganyika, e a mãe de Rosalie, que fora com ele ao Congo, se suicidou jogando-se nas águas profundas do lago. Ela não suportou a morte do rei, o silêncio dos tambores reais, a extinção da fogueira dos ancestrais, o desaparecimento das tradições e o abandono do culto do Imana pelos jovens, incluindo os próprios filhos.

Rosalie vivia agora com sua família em Astrida, numa casa de cimento. Ela participava das atividades da diocese, Shema era agrônomo num instituto dirigido por belgas e seus filhos eram educados por padres brancos, no caso de Aloys, e por freiras beneditinas, no caso de Spéciose e Mariana. Foram anos leves e felizes para a família.

Quando a Segunda Guerra Mundial eclodiu na Europa, Rosalie tinha quarenta e quatro anos e dois de seus filhos tinham saído de casa. Somente Mariana, a filha caçula, ainda estava concluindo o ensino médio. Na época, o país viveu uma das piores secas da história, desencadeando uma fome sem precedentes. Após essa catástrofe, Shema participou de um programa agronômico que inseriu novas culturas em Ruanda: batata-doce, feijão, ervilha e batata. Depois da guerra, alguns ruandeses da elite, entre os quais Shema e Gasana, começaram a criticar cada vez mais abertamente a presença belga e o controle absoluto da Igreja na vida do país. Rosalie tinha medo das novas ideias do marido e do irmão, que deixavam a leitura da Bíblia de lado e falavam por toda parte de um livro que não havia sido traduzido em kinyarwanda, *O capital*, de Karl Marx. Gasana, Shema e outros intelectuais tútsis fundaram um partido político cujo objetivo era o fim da colonização e a Independência de Ruanda. Diante dessas novas reivindicações dos tútsis, os belgas e a Igreja romperam a aliança com eles e se aproximaram dos hútus. Em 1957, foi publicado o *Manifesto dos Bahutu*, documento que designava os tútsis como invasores e exploradores. Com esse texto, o veneno da divisão e do etnismo habilmente destilado pelos colonos belgas e pela Igreja se tornou a prisão mental na qual a grande maioria dos ruandeses se deixou enclausurar e de onde nunca escaparia.

O ano de 1959 marcou o fim da primeira vida de Rosalie. O rei Mutara III morreu em Bujumbura em circunstâncias misteriosas. Rosalie já era avó de sete netos quando aconteceu o que depois seria chamado de '*Toussaint* ruandesa'. Dezenas de milhares de tútsis foram expulsos de suas colinas, massacrados ou obrigados a se exilar em países vizinhos: Zaire, Burundi e Uganda. Shema e Gasana foram presos por subversão. Nunca mais foram vistos. Aloys, o filho mais velho de Rosalie, foi assassinado em sua colina com toda a família. Spéciose, a filha mais velha, se refugiou com o marido e duas filhas, Eusébie e Alphonsine, numa igreja em Kigali. Eles tiveram a vida salva porque os assassinos não ousaram atacar a casa de Deus. Mariana e seu marido Alexandre, bem como os dois filhos, Alphonse e Yvonne, também sobreviveram, se escondendo numa bananeira perto da casa deles, em Ruhengeri. Depois, foram deportados com milhares de outros tútsis para a região inóspita de Bugesera, na fronteira com o Burundi, onde inúmeros tútsis foram dizimados pela fome e pela doença do sono. Rosalie também foi mandada para esse campo de refugiados, onde reencontrou Mariana e sua família. Deu-se então início uma vida de miséria e privações.

Três anos mais tarde, em 1962, quando, com muita força de vontade, Rosalie e sua família construíram uma casa, transformando um pedaço de terra seca em um campo de feijão e batatas, a Independência de Ruanda foi proclamada por um regime hútu liderado pelo presidente Kayibanda. Responsável pelos massacres contra os tútsis, esse regime fundou seu poder na perseguição, estigmatização e exclusão dos tútsis da vida pública. A presença de milhares de tútsis refugiados nas fronteiras lhe permitia jogar com a ameaça de um perigo externo, criando um clima de terror no país. Assim, em 1963, em represália a uma tentativa de ataque de um grupo tútsi vindo do Burundi, alguns homens que estavam no campo de refugiados foram presos e levados para um destino desconhecido. Alexandre fazia parte do lote.

Naquela noite, Mariana, Rosalie e as crianças fugiram para o Burundi, sob a luz das chamas que consumiam a casa da família. Foi dilacerante. Rosalie fugia do país de seus ancestrais e, ao atravessar o lago Cyohoha, ela chorou, temendo mais do que tudo morrer exilada como sua mãe e o rei Musinga. Em Bujumbura, capital do Burundi, Mariana encontrou uma casa no OCAF Ngagara, bairro da cidade onde se concentravam os refugiados ruandeses, mal-recebidos naquele novo país. A situação não melhorou em Ruanda, onde os massacres dos tútsis provocavam novas levas de migrações. Amigos e parentes distantes chegavam desesperados, dormiam alguns dias ou alguns anos na casa de Mariana, antes de encontrar um lugar ou um visto para o exterior. Mariana recebia um pequeno salário de enfermeira. Rosalie confeccionava *agasekes*, pequenos cestos tradicionais com uma tampa em formato de cone que ela vendia na comunidade ruandesa. As crianças, Alphonse e Yvonne, frequentavam a escola pública do Burundi.

Rosalie colocou na cabeça que ela continuaria a falar de Ruanda aos netos, custasse o que custasse. Ela queria plantar neles a semente da pátria, o amor pelo país perdido. Era uma questão de honra transmitir os contos e lendas, a história e as tradições daquela Ruanda que a cada dia se afastava um pouco mais. Quando ela percebia que o kinyarwanda deles se misturava demais com o francês, o suaíli e o kirundi, ela os repreendia, corrigia o sotaque. Sua única esperança de voltar um dia ao país de seus ancestrais estava nas mãos de seus netos. No começo, ela concebia timidamente a ideia, mas acabou se convencendo com o passar dos anos. Em 1973, uma nova onda de massacres contra as populações tútsis, principalmente os estudantes, desencadeou novas fugas em massa. Eusébie, neta de Rosalie, e seu futuro marido, Eugène, chegaram a Bujumbura depois de terem fugido pelo Zaire e escapado muitas vezes da morte.

Naquele mesmo ano, um golpe de Estado eclodiu em Ruanda. Um jovem general chamado Habyarimana derrubou o presidente Kayibanda. Durante algumas semanas, Rosalie e Mariana aguçaram os ouvidos para saber se esse novo dirigente permitiria o retorno dos refugiados e acabaria com as perseguições contra os tútsis. Mas as esperanças logo foram frustradas. O novo regime fundou sua autoridade na mesma ideologia, na mesma violência e na mesma estupidez. No entanto, por uma feliz combinação de circunstâncias, o novo presidente anistiou alguns presos e, em setembro de 1973, Alexandre veio bater à porta da casinha verde de Mariana. Dez anos haviam se passado. Dez anos nas grades de Kayibanda. Alexandre não era mais o mesmo homem. Por um tempo, ele tentou viver de novo junto aos filhos e à mulher, mas a prisão o havia maltratado demais. Ele morreu em Bujumbura, no hospital Príncipe Louis Rwagasore onde, um mês depois, seu terceiro filho nasceria. Antes de falecer, ele escolheu o nome do bebê, no intuito de lhe desejar um mundo sem violência: Pacifique. Por sua vez, Eusébie e Eugène recusaram o estatuto de refugiado e voltaram a morar em Kigali, apesar dos riscos que corriam.

A vida passou, e após realizar estudos brilhantes no colégio Saint-Albert, o filho mais velho de Mariana e Alexandre, Alphonse, foi para a Europa e depois para os Estados Unidos, para cursar engenharia física e química, o que encheu Mariana de orgulho. Yvonne, sua irmã, era menos pé no chão e menos dada aos estudos. Ela havia feito um pouco de contabilidade, mas seu sonho era a música, fazer grandes viagens e viver a vida exibida nas revistas que ela lia avidamente, *Salut les Copains* e *Podium*.[11] Ela logo conheceria Michel, um jovem francês do Jura[12] que fora ao Burundi para cumprir seu serviço civil.[13] Após o casamento, eles tiveram dois filhos: Gabriel e Ana. Mariana agora era avó, e Rosalie, que já tinha mais de noventa anos, continuava a transmitir o amor por Ruanda ao seu último neto, Pacifique, embora, para ela, a esperança de voltar para casa se reduzisse a cada ano.

No mês de outubro de 1990 houve uma reviravolta, que fez renascer esperanças e reabriu velhas feridas. Um movimento chamado FPR (Frente Patriótica Ruandesa), formado por filhos de refugiados ruandeses, atacou Ruanda de surpresa vindo de Uganda. O avanço deles foi espetacular, mas o exército francês veio dar reforço ao exército ruandês de Habyarimana e interrompeu subitamente a progressão daqueles que chamavam de rebeldes forasteiros, que eram os filhos daquele país que simplesmente pediam para voltar à terra

---

[11] Revistas francesas publicadas entre 1960 e 2000 destinadas ao público adolescente. (N. da T.)

[12] Departamento francês localizado na região de Bourgogne-Franche-Comté, na fronteira com a Suíça. (N. da T.)

[13] Alternativa ao serviço militar obrigatório francês, vigente entre 1997 e 2001. (N. da T.)

de seus ancestrais. Em Bujumbura e em toda a comunidade ruandesa refugiada, foi uma explosão de alegria e festas, a esperança de um futuro promissor.

Depois, a notícia chegou como um trovão: Alphonse tinha se alistado sem dizer nada. Nem a Mariana, nem a Rosalie, nem mesmo ao seu irmão Pacifique ou a sua irmã Yvonne. Ele havia abandonado seus estudos de engenharia nos Estados Unidos, lutado na FPR e morrido em combate para oferecer a Rosalie seu sonho de voltar.

Em Ruanda, o ataque-surpresa da FPR trouxe uma grande preocupação que se traduziu em recrudescimento da violência contra os tútsis. Acordos de paz e de divisão do poder com a FPR eram assinados de fachada, mas, na verdade, o regime de Habyarimana se endurecia e preparava o pior, armando a população e divulgando sua ideologia racista em uma nova estação de rádio, a RTLM,[14] que qualificava os tútsis de 'baratas' e conclamava a população a 'trabalhar', ou seja: matar. Por todo o país, não se contabilizavam mais os massacres contra os tútsis. Foi então a vez de Eugène, marido de Eusébie, pagar com a vida o seu engajamento na denúncia das violações de direitos humanos. Ele foi assassinado por um comando, em plena luz do dia, na cidade de Kigali. Eusébie ficou viúva aos trinta e cinco anos, com quatro crianças para sustentar: Christelle, Christiane, Christian, Christine. Pouco tempo depois, com apenas vinte anos, Pacifique também foi para a linha de frente. Tendo crescido com as histórias míticas e a nostalgia de Rosalie, ele agora estava decidido a lutar como o grande chefe Rwabugiri para devolver a dignidade à sua mãe e à sua avó.

---

[14] Radio Télévision Libre des Mille Collines (Rádio Televisão Livre das Mil Colinas), emissora criada por hútus que teve papel central na incitação ao genocídio dos tútsis em 1994. (N. da T.)

Enquanto o poder extremista hútu se radicalizava pouco a pouco em Ruanda, em 1993 foi a vez de o Burundi cair numa escalada de violência após o assassinato de um presidente recentemente eleito pelo exército. O país entrou num conflito étnico mortal. Rosalie e Mariana, então os únicos membros da família a viver na casinha verde de Bujumbura, apostaram todas as fichas na vitória iminente da FPR. Elas diziam, filosoficamente, que não tinham mais nada a temer, porque já haviam vivido o pior. Estavam enganadas.

Na noite do dia 6 de abril de 1994, o avião que transportava o presidente Habyarimana foi abatido no céu de Kigali. A rádio RTLM logo apontou os responsáveis: a FPR e todos os tútsis do país. Todo o aparelho estatal foi disponibilizado para erradicar os tútsis. A população foi incitada, e até mesmo forçada, a participar do que viria a ser o último genocídio do século XX. O país caiu num abismo ao vivo na televisão. Ao cabo de três meses, a FPR conseguiu interromper os massacres e tomou o poder. Mas não foi a vitória esperada — um milhão de tútsis havia sido assassinado. Rosalie e Mariana podiam voltar para o país de seus ancestrais, mas elas haviam perdido seus filhos, netos e bisnetos. Pacifique, Christelle, Christiane, Christian, Christine e tantos outros... Rosalie não encontrou forças para contar seus mortos. Estava de volta em casa, mas algo nela estava morto. Ela tinha um século. Foi recebida na casa de Eusébie, que também tinha perdido tudo. As duas mulheres cuidavam uma da outra, tentavam sobreviver num campo de ruínas, com a alma devastada. Rosalie dizia que a morte a esquecera e Eusébie dizia que não estava nem viva, nem morta. Seu coração batia apesar de si mesma.

Quatro anos mais tarde, Eusébie se tornou mãe novamente. Ela me chamou de Stella, a criança de depois do fim do mundo, a luz na sua noite, a promessa de um novo sol. Nós éramos agora três mulheres sob o mesmo teto, três gerações de uma história atormentada. Durante onze anos, tive a sorte de viver ao lado de Rosalie, que me transmitiu a história da minha família e do meu país. Ela era minha melhor amiga, minha confidente, minha alma gêmea. Antes de se apagar tranquilamente na terra dos seus ancestrais, ela me ensinou que não podemos compreender quem somos se não sabemos de onde viemos. Ela é a raiz da minha árvore da vida. Ela existe para sempre sob a casca da minha pele. Eu te amo para sempre. Adeus, Rosalie."

24.

2015

Não fomos feitos para negócios, nem para mais nada, por sinal, a não ser ouvir música, ler, beber cerveja, paquerar garotas e dormir o dia inteiro. Não sentíamos nenhum orgulho disso, mas era a conclusão honesta e lúcida a qual chegamos Claude, Sartre e eu.

Não foi por falta de tentativas. Em um primeiro momento, bem que nos esforçamos. Emprestei boa parte da minha herança ao Claude para sua empresa de mototáxi, mas ele só teve problemas com seus empregados, a polícia, os impostos e a prefeitura. Um dos motoqueiros se envolveu num acidente mortal e outro atropelou o comboio presidencial. Depois de três anos de processo, Claude perdeu sua licença e teve que voltar a ser um simples motoboy. Seu sonho de ser patrão recolhendo os taxímetros ao fim do dia foi por água abaixo com suas últimas economias.

Quanto a mim, nunca fui embora. Desisti da minha viagem e do meu projeto imobiliário depois de dar boa parte da minha herança ao Claude, e ninguém me esperava na França, onde as lembranças da minha vida profissional passada não eram lá muito animadoras. Para não abusar da generosidade de Eusébie, encontrei um apartamento compartilhado no bairro descolado de Kimihurara. Eu dividia a casa e as contas com um inglês e um sueco que trabalhavam com novas tecnologias. Durante alguns meses, saí com uma holandesa de uma agência da ONU e ela me recomendou para um cargo de assessor jurídico numa ONG norte-americana que trabalhava com questões de saúde mental em Ruanda. Pedi demissão ao fim de um ano e meio, depois de um burnout por causa de uma chefia tóxica. Eu andava com os chamados "expatriados". A maioria estava em Ruanda para realizar missões de um ou dois anos, trazia a família pelo menos uma vez para a experiência — onerosa — de visitar os gorilas-das-montanhas, passava as férias em Zanzibar, Lamu ou Watamu, à beira do oceano Índico, se encantava com a limpeza das ruas de Kigali, principalmente "se tratando de um país africano", elogiava o dinamismo econômico e a "resiliência" do povo ruandês. Mas, na intimidade de suas pequenas bolhas, cochichavam que os ruandeses eram austeros e reservados, não tinham a exuberância que faz o charme bem conhecido da África "pobre, mas sorridente". Criticavam a falta de liberdade de expressão, achavam que o país — por trás da fachada de bom aluno das instituições de Bretton Woods — era uma ditadura que não se assumia como tal e que, de tanto falar do "seu genocídio", os ruandeses acabaram fazendo disso um tipo de "business".

Quando o contrato dos meus colegas de apartamento acabou e eles foram embora, tive de arcar sozinho com um aluguel astronômico, pois o proprietário, um ruandês do antigo regime que era dono de metade do bairro, aproveitou para dobrar o valor. Outra roubada, eu havia comprado numa agência uma SUV Hyundai importada de Dubai com a quilometragem falsificada. Os consertos me custaram mais caro do que a compra. Além disso, eu só fazia bobagem. Num frenesi de encontros e diversões, eu vivia nos bares e restaurantes da moda com novos amigos, jovens descolados com conversas fúteis, quase sempre a respeito de dinheiro, oportunidades imobiliárias e histórias de sexo do microcosmo de Kigali. Como resultado, eu me vi acabado em dívidas e obrigado a pedir ajuda a meu pai. A oportunidade dos sonhos para me dar a lição de moral que ele devia estar guardando na manga havia muito tempo.

— Eu te avisei, Milan! A herança era para comprar um apartamento! Em vez disso, você torrou tudo dando uma de bom samaritano. Quando é que você vai criar juízo? E por que não volta para a França? Se demorar muito, seu diploma não vai ter mais nenhum valor no mercado de trabalho. Não é razoável essa vida que você anda levando. Sua mãe não diz nada, mas ela também se preocupa muito.

— Vocês voltaram a se falar? — perguntei, surpreso com essa revelação.

— Sim. Eu liguei para ela querendo saber que diabos você anda fazendo em Ruanda. Ela me disse que era um mistério. Segundo ela, você está tendo uma crise de adolescência tardia. Você está punindo sua mãe, de certo modo.

— Ah é? E eu estou punindo minha mãe por quê, exatamente?

— Ah... Eu não sei... Isso você vê com ela! Por enquanto, vê se toma jeito, Milan. Já chega de fazer besteira! Você já tem trinta e três anos!

Ainda assim, ele me enviou algum dinheiro para me virar por algum tempo. Desde o meu burnout, eu não tinha forças para procurar emprego e me vi rapidamente sem um tostão em Kigali, onde o custo de vida aumentava a cada ano, sem falar nas renovações de visto que me custavam os olhos da cara.

Eusébie me fez então um enorme favor ao me informar sobre uma lei que permitia a toda pessoa com um ascendente ruandês pedir a nacionalidade. Minha mãe, que antes de se naturalizar francesa só tivera um documento da ACNUR como passaporte, se recusou categoricamente a receber a nacionalidade ruandesa e me dissuadiu por e-mail: "No dia em que o genocídio recomeçar, se você for considerado ruandês, não vai ser evacuado". Precisei trazer Mami até Kigali para que reconhecesse legalmente que ela era mesmo a mãe da sua filha e eu, o filho da minha mãe. Eu estava um pouco apreensivo porque ela começava a perder a memória, mas testemunhou corretamente e eu obtive a nacionalidade ruandesa. Foi quando fui buscar meu passaporte novo que entendi. Eu não ia somente fazer economia. Eu havia feito um passo a mais em direção a uma parte das minhas origens, ignorada e escondida por tanto tempo.

Só que eu não tinha mais nem um tostão. Então, de volta à estaca zero, decidi ir embora do condomínio do bairro moderno de Kimihurura e me mudar para a casa de Sartre e Claude, em Nyamirambo. A casinha deles estava de novo uma baderna indescritível, repleta de livros, vinis, VHS, CDs e fitas cassete por todos os lados, acumulando poeira e teias de aranha. Apenas obras anteriores a 1994, o que dava um ar de sebo a essa coleção amarelada pelo tempo.

Liberado do carro e do aluguel exorbitante, sem visto para renovar, eu me sentia enfim livre! Ganhava a vida dando algumas aulas de francês aqui e ali a alguns empresários anglófonos e filhinhos de papai de Kiyovu e Nyarutarama. Claude, Sartre e eu levávamos uma vida de boemia. Eu passava meus dias lendo ou escutando música, flanando no bairro e aprendendo kinyarwanda, tarefa árdua. De vez em quando, me vinha de novo a ideia de escrever a história da minha família. Eu me instalava geralmente num terraço do Café Flore, o barzinho que Sartre abrira em Nyamirambo. As paredes de dentro eram cobertas por um papel de parede brega, representando uma praia sob fundo de coqueiros e, por falta de lugar melhor, o lugar se tornou nosso ponto de encontro.

Naquela noite, um sábado, eu tinha chegado bem tarde. O bar estava lotado. Claude estava lá e Stella também, junto com sua amiga de infância, Stacie. Elas faziam um cursinho preparatório para entrar numa das grandes universidades norte-americanas da Ivy League. Sartre borboleteava de clien-

te em cliente e incitava os garçons a retirar garrafas vazias das mesas, estimulando o consumo.
— E então, meu tio preferido, como você está? — me perguntou Stella.
— Eu preferia quando você me chamava de irmão mais velho. Tenho a impressão de ser um velho quando você me chama de tio.
— Trinta e três anos, já não está mais na flor da idade.
— Você é cruel — disse Stacie. — Eu acho que você ainda dá pro gasto, Milan.
— Vocês decidiram acabar com a minha noite?
Claude chamou a garçonete enquanto Sartre se sentava entre Stella e Stacie.
— Como vai o futuro desse país?
— Ai ai ai, se nós somos o futuro, estamos encrencados! — exclamou Stella.
— E o cursinho? — perguntei.
— É realmente intenso. Os dias são cheios e nessa semana, dormimos em média só umas quatro horas por noite.
— E no fim de semana, em vez de descansar, você sai para beber *waragi*?[15] — observou Claude, risonho.
— É porque no próximo fim de semana começam as cerimônias e daí não vamos mais poder sair para festas por semanas a fio.
— Em todo caso, seus pais devem estar orgulhosos de suas conquistas, meninas! — disse Sartre.
— Pff, minha mãe investiu nisso, então ela espera boas notas como um acionista espera seus lucros. De todo modo, se o diploma e a toga deixam ela feliz, melhor assim.
Stacie concordou, antes de acrescentar:
— Nossos pais estão mentalmente em guerrilha. Estu-

---

[15] Espécie de gim caseiro. (N. da T.)

dar, na cabeça deles, é como continuar o esforço de guerra. É sacrificial.

— Exatamente! — acrescentou Stella. — É estar em missão pela Nação.

— Aliás, basta começarmos a reclamar um pouco para nos responderem que eles é que sabem o que é privação e que nós não temos consciência da nossa sorte. Isso é problema deles. Se eu descolar uma vaga numa faculdade nos Estados Unidos, vou ficar feliz de dar no pé se ainda estiver por aqui. Francamente, vocês não acham que o ambiente está pesado? Temos três meses de cerimônias por ano! Isso é normal? Um ou dois dias, tudo bem, dá para entender. Mas três meses!

— Mas se não fizermos isso, as pessoas podem esquecer, não? — disse Stella à sua amiga.

— Poderíamos fazer um pouco menos e olhar mais para o futuro.

— Você está exagerando, olhar para o futuro é o que esse país mais tem feito — interveio Claude. — A visão 2020,[16] os investimentos, a política de Reconciliação, tudo isso é para o futuro. Na verdade, ninguém se importa com os sobreviventes de verdade.

— Ao contrário! — esbravejou Stacie. — As autoridades ajudam os sobreviventes, organizam as cerimônias e não param de nos lembrar de 1994. Esquecem a juventude. Eu gostaria de viver de maneira mais leve de vez em quando. Parar de pensar que o meu único destino é ser a espinha dorsal do milagre econômico ruandês.

— Essa pequena é brava — Sartre comentou rindo.

— Bom... Podemos mudar de assunto? — cortou Stella. — Eu vim para relaxar, não para entrar nesses debates eternos.

---

[16] Programa de desenvolvimento governamental de Ruanda, lançado em 2000 pelo presidente Paul Kagame. (N. da T.)

— Concordo plenamente — disse Sartre batendo palmas. — Vocês estão bebendo o quê? A próxima rodada é por minha conta!

Os clientes se amontoavam e a sala começava a ficar abafada. Avistei Amanda, uma burundesa de dreads retorcidos e corpo escultural com quem tive um caso. Ela me esnobou. Quanto a Stella e Stacie, estavam no celular enviando mensagens de WhatsApp aos grupos de amigos que viriam nos encontrar. Claude tinha se sentado numa mesa no fundo do bar com um cara alto que usava um boné preto NYC e cujo rosto me lembrava vagamente alguém — ou então ele parecia com aquele jogador de basquete norte-americano, Kobe Bryant. Sartre pôs para tocar os hits do momento. O afro pop nigeriano, que então fazia a juventude africana dançar e logo faria o mundo inteiro, tinha substituído o *ndombolo* congolês de 1998 e o rap tanzaniano de 2010.

Mais tarde, os amigos de Stella e Stacie se juntaram a nós na pista de dança. Todos garotas e garotos de boa família, trilíngues, formados nas mesmas escolas, jovens modelos de uma sociedade que queria ser pós-étnica. Eles representavam a minúscula minoria de ruandeses que um dia iriam estudar no exterior, exportando os valores do país, tornando-se embaixadores de uma história complexa que poucos deles compreendiam. Em coquetéis e jantares na cidade, diante de interlocutores ignorantes, eles deveriam explicar as razões do genocídio, a diferença entre hútu e tútsi, os conflitos no Sul e no Kivu do Norte. Eles jamais poderiam ser quem eram impunemente, o país estaria sempre lá para ser lembrado, como um tutor diligente. Eles seriam os fiadores e protetores de Ruanda, nomeados porta-vozes do país. A batalha seria difícil e nada estava ganho. Eles sabiam disso, foi a educação que receberam. Tudo o que eles desfrutavam hoje era fruto de sacrifício e sangue derramado. A Nação repetia isso todos os dias. Por isso, uma noitada a mais de festa e álcool permitia esquecer por alguns instantes essa carga, assim como a geração anterior bebia para esquecer os anos de exílio, as humilhações, o cheiro da morte e das valas comuns.

Num canto da sala, Stella beijava demoradamente um menino da sua turma, um certo Nelson, que ela namorava desde o último ano do ensino médio, menino meigo e brilhante, apaixonado por ela. Mas seu avô fora ministro do governo provisório que perpetrou o genocídio e foi condenado pelo Tribunal Penal Internacional para a Ruanda a trinta anos de reclusão. Apesar de Nelson ter publicamente renegado seu avô, Stella sabia que aquela relação nunca poderia passar do flerte. Isso implicaria aceitar os outros membros da sua família, mais ambíguos sobre esse passado conturbado: "Gosto dele, mas nunca poderá virar algo sério. Sei que é injusto culpá-lo pelos erros do avô, mas não posso fazer isso com a minha mãe. Ela morreria se soubesse".

Quando a música nigeriana parou e Claude pôs sua playlist de músicas ruandesas, todo mundo começou a assoviar e a dar gritos de alegria. Os garçons empurraram as mesas para dar espaço, um círculo se formou e as pessoas começaram a bater os pés no chão, levando as palmas das mãos ao céu, com os braços em forma de arco, imitando chifres de vaca, antes de exibirem todos os seus talentos, anos de treinamento aperfeiçoando os movimentos codificados das danças tradicionais. Depois das canções atemporais e unânimes de Cécile Kayirebwa, Florida Uwera, Muyango ou Massamba, a multidão se dispersou ao amanhecer, embarcando em mototáxis que esperavam na frente do café.

Embora a música tivesse parado, Stella e Stacie continuavam dançando na calçada, sob os aplausos e a admiração dos amigos, executando gestos graciosos de uma cultura ancestral. Era de manhãzinha. O sol estava nascendo.

25.

Mami nos observava, intrigada. Stella instalava o aparelho de fita cassete na mesa e eu, de quatro, puxava a extensão até a tomada. Expliquei de novo que eu queria gravar sua voz para conhecer melhor a história da família. Como ela me olhava com perplexidade, Stella repetiu a mesma coisa em kinyarwanda. Mami ficou irritada: "Sim, sim. Eu entendi". Joséphine permanecia discretamente atrás de nós, parecendo se divertir com a situação. O velho Gaston tinha falecido, o cachorro também. Agora era só ela morando com Mami. Até os morcegos desapareceram desde que uma construtora derrubara as grandes árvores da rua para construir um hotel sem charme e quase sempre vazio. Na casa de Mami, nada havia mudado, era ampla e triste, minha avó reclamava do custo de vida e se preocupava com dinheiro. O preço do açúcar era a sua maior angústia, embora eu houvesse trazido cinco quilos. Eu era louco de ter dado um presente desses, eu devia ter gastado uma fortuna, ela disse à Joséphine. Sua memória estava ainda mais fraca, exceto para orações e cantos religiosos. Aliás, a igreja onde continuava indo todos os dias era a sua principal ocupação. Para mim, Butare era longe, mas eu tentava ir duas vezes por mês. Dessa vez, Stella insistira em me acompanhar. Meu projeto lhe fazia pensar em suas conversas com Rosalie.

— Você está pronta, Mami?

Ela balançou a cabeça e apertou as sobrancelhas.

— Começou!
Stella apertou o botão "gravar".
— Mami, você pode me contar a sua infância?
— Por que ele quer saber isso? — ela perguntou a Stella em kinyarwanda.
Joséphine teve um ataque de risos e Stella interrompeu a gravação. Eu repeti a razão da nossa entrevista e apertei o botão.
— Vamos retomar. Mami, eu já te fiz essa pergunta e você nunca respondeu. Mas como eu sou teimoso, vou recomeçar: você pode me falar de Emmanuel, meu avô?
— Ah, não, não, eu não quero falar dele. Ele é um bêbado.
— Como vocês se conheceram?
— Não, não, eu não sei. Esqueci.
— Você o amava?
— Eu nunca amei aquele bêbado. Ele era ruim, muito ruim.
— Vocês se casaram na igreja?
— Ele está me enchendo com essas perguntas — ela protestou em kinyarwanda. — Me deixem em paz!
Ela se levantou e saiu, nós interrompemos o gravador e fomos até ela. Fazia frio, como de costume em Butare. Stella e eu nos sentamos nos degraus da varanda. Nós a observávamos esmigalhar um pedaço de pão velho em volta de si para atrair uma galinha que vivia ali com seus pintinhos.
— Ela não vai falar — disse Stella.
— Ela não quer.
— Não, eu acho que ela não consegue. Sua doença está piorando, segundo Joséphine. Ela precisa se esforçar demais para lembrar.
— Entre minha mãe que não quer falar e Mami que está perdendo a memória, estou com sorte! Tenho a impressão

de que as incomodo. Que sorte a sua de crescer com uma bisavó que gostava de contar suas histórias.
— Tenho consciência disso, pode acreditar.
— Em casa não se conta a história da família. Resultado, não se sabe de nada, e as vidas se apagam junto com quem as leva. Dizem que as vozes voam com o vento e a escrita permanece, mas o que fazer quando não se tem nem voz nem escrita?
Em seu longo vestido florido de viscose, Mami caminhava lentamente pelo jardim, admirando o canteiro de flores ao longo do muro da casa, seguida pela galinha e seus pintinhos. Apesar da minha decepção, não pude deixar de sorrir quando a vi.
— E você, Stella, se preocupa com o dia de amanhã?
— Demais até. Minha mãe também nunca me contou sua história e eu gostaria de ter conhecido antes dos outros. Mas, estranhamente, para ela é mais fácil falar com milhões de pessoas do que diretamente com a própria filha.

*

Uma multidão se aglomerou em volta do estádio Amahoro. A calma que se instalou em Kigali era angustiante. Claude me contou que no dia 7 de abril os pássaros não cantam. Prestei atenção, ele estava certo. Essa sensação me deixou nervoso. Depois de termos as mochilas minuciosamente revistadas e nosso corpo apalpado por um considerável serviço de segurança, entramos no estádio em silêncio. Stella, Claude, Sartre e eu nos sentamos nas arquibancadas, no meio de um público jovem que usava lenços roxos, da cor do luto, e broches com a palavra "Kwibuka" — "Lembre-se" em kinyarwanda. Os bancos se enchiam ao som de uma fanfarra militar cujos instrumentos reluziam ao sol. Reparei que em cada canto do estádio havia equipes médicas; nos coletes amarelos estava escrito "Mental Health".

Tivemos que esperar duas horas no sol antes que o presidente da República aparecesse na tribuna, desencadeando aplausos e aclamações das trinta mil pessoas ali reunidas. Após alguns discursos oficiais e canções de luto, uma voz anunciou o depoimento de uma sobrevivente. Nos telões gigantes do estádio e em transmissão ao vivo em rede nacional, vi aparecer Eusébie com o rosto fechado, avançando com calma até o púlpito. Stella pegou na minha mão quando a voz da mãe ecoou nos alto-falantes.

"Eu me chamo Eusébie, nasci em 1955 em Kigali. Eu não sei o que é viver em paz. Em 1959, minha família se refugiou numa igreja para fugir dos massacres contra os tútsis, depois novamente em 1961 e em 1963. Eu me lembro que todo começo de ano letivo na escola o professor pedia para os tútsis se levantarem. Muitos colegas de classe não sabiam a que etnia pertenciam. Em 1973, eu estava terminando o ensino médio. Quando nossa escola foi atacada e vários professores e alunos tútsis foram mortos, tive de fugir com os meus colegas de classe para o Burundi, passando pelo Zaire. Foi uma aventura longa demais para ser contada. A vida de refugiada era tão difícil que voltei para Ruanda em 1978. Em 1980, me casei com o meu marido, Eugène, e tivemos quatro filhos lindos: Christelle, Christiane, Christian e Christine. Até 1990, nossa vida em família era quase normal, embora, como tútsi, fosse preciso viver discretamente, sem nunca ser notado, aceitando humilhações cotidianas, principalmente no trabalho, com os colegas. Meu marido era advogado e eu secretária numa empresa de obras públicas. Após os ataques da FPR em outubro de 1990, tudo mudou. Nós, tútsis, começamos a ser vistos como cúmplices dos rebeldes. Eugène foi preso aqui, neste estádio, com milhares de outros tútsis. Ele foi torturado enquanto esteve detido. Quando saiu, já não era o mesmo. Em vez de se calar ou se exilar, ele preferiu se engajar. Fundou uma ONG de direitos humanos com outros colegas, hútus e tútsis, e começaram a denunciar todas as violações de diretos humanos, o que nos custou inúmeras intimidações. Por três vezes, militares invadiram nossa casa para nos prender e nos espancar. Eugène era constantemente levado ao departamento de Segurança Nacional para ser interrogado. Depois do massacre de Bagogwe, no Norte, em 1991, ele deu um testemunho num canal estrangeiro de televisão e deu várias entrevistas na imprensa internacional. Alguns dias depois, ele foi assassinado na rua por um comando. Nunca houve investigação nem processo. Matar um tútsi não constituía crime.

Quando o avião do presidente Habyarimana foi abatido na noite de 6 de abril de 1994, fazia dois anos que eu era viúva e vivia sozinha com meus quatro filhos. Não fui embora de Ruanda depois da morte de Eugène, acreditei que se não me envolvesse com política, nada nos aconteceria. Desde alguns meses, tinha também um contingente importante das Nações Unidas em Kigali. Eu achava que, se houvesse problema, eles estariam aqui para nos proteger.

No dia 6 de abril, era o início das férias de Páscoa e eu pretendia mandar meus filhos para a casa da minha família no Burundi. Naquela noite, a Nigéria jogava contra a Costa do Marfim na Copa Africana de Nações. Eu me lembro porque meu filho Christian era apaixonado por futebol, ele gostava de assistir aos jogos em família, na sala. Ouvimos a explosão sem desconfiar do que estava acontecendo. Nos minutos que se seguiram, o bairro se encheu de bloqueios. Liguei o rádio, mas os programas haviam sido substituídos por música clássica. Percebi que a situação era grave. Nosso vizinho, Vincent, um colega do meu marido, veio bater na porta para me falar da morte do presidente. Ele estava desesperado. Me disse: 'Eusébie, nós estamos no topo da lista das pessoas a serem assassinadas. Eles começarão por nós'. Tentei acalmá-lo, mas sua intuição estava certa. Ao amanhecer, os soldados chegaram no seu terreno. Ouvimos os gritos dos seus filhos e os tiros. Depois disso, os soldados foram embora.

Ficamos escondidos em casa o dia inteiro. Dei alguns telefonemas para as embaixadas estrangeiras e tentei entrar em contato com as Nações Unidas, sem sucesso. As meninas estavam em pânico. Christian, meu menino lindo, acalmava as irmãs como podia, com uma coragem exemplar. Liguei para as pessoas que eu amava que viviam no exterior para me despedir, depois ajudei meus filhos a se esconderem no teto falso. Eu precisava sair para procurar ajuda, não tinha escolha. Nós nos abraçamos. Chorávamos. As crianças me fizeram jurar que eu voltaria para buscá-los. Não consegui pegar meu carro por causa dos inúmeros bloqueios. Então, desviei pelo terreno dos vizinhos e entrei na casa de Vincent para ver se havia sobreviventes. Todo mundo tinha sido assassinado. Eu tentava me deslocar discretamente pelo bairro, mas os Interahamwe me interceptaram num bloqueio na parte baixa de Kiyovu e pediram minha carteira de identidade. Eu disse que estava sem. Eles riram e disseram que, de qualquer forma, com um nariz igual ao meu, não havia a menor dúvida, eu só podia ser uma 'barata'. Eles me fizeram esperar à beira da estrada com outras pessoas. Como estávamos todos de pé, um dos assassinos disse que precisávamos de bancos para nos sentar. Foi então que tiraram quatro meninos do grupo, quatro irmãos, e os mataram na nossa frente. Depois, nos obrigaram a sentar sobre os cadáveres."

Naquele momento da narração, tomada pela emoção, Eusébie fez uma pausa. Uma pessoa começou a gritar nas arquibancadas. Depois outra, um pouco mais longe, e mais outras. As equipes de socorro correram para evacuá-las. Ali, à esquerda de Eusébie, ouvindo atentamente seu testemunho, reparei num homem de boné preto com quem Claude conversara alguns dias antes no Café Flore. Ela retomou.

"Um funcionário do alto escalão do exército veio até o bloqueio. Ele parou o seu jipe e encorajou os assassinos a fazerem um bom trabalho, prometendo recompensas. Eu o conhecia, era o oficial que torturou Eugène neste estádio, em 1990. Quando ele me reconheceu, perguntou onde estavam meus filhos, 'as baratinhas do Eugène'. Ele e seus soldados me levaram para casa. Eu disse que meus filhos não estavam ali. Os militares deram uma volta na casa. Depois, o oficial pediu para um dos homens pôr fogo. Então eu confessei que meus filhos estavam no teto falso e tive que chamá-los um a um pelo nome, do jardim onde eu estava. Os soldados entraram na casa. Depois, ouvimos os tiros."

Ao proferir essas palavras, a voz de Eusébie ficou embargada. Stella deu um grito agudo que ela abafou rapidamente tapando a boca com a mão. Uma nova onda de gemidos aterrorizantes invadiu o estádio, como um estrondo maligno. Eusébie limpou os olhos com um lenço branco. Mais pessoas foram evacuadas. Geralmente, eram necessários cinco ou seis enfermeiros para transportar uma única pessoa. Alguns se contorciam, berravam como bichos agonizando. Muitos eram jovens nem sequer nascidos à época do genocídio. Claude segurava a cabeça com as mãos e Sartre não se mexia, com o olhar perdido no vazio. Eusébie prosseguiu.

"Os militares me trouxeram de volta ao bloqueio. Todos que estavam comigo mais cedo haviam sido massacrados naquele meio-tempo. Os milicianos estavam bêbados e agressivos. Eles começaram a brigar. Alguns queriam me matar imediatamente, outros me estuprar primeiro. Meu destino não me importava mais. Eu estava pronta para morrer. Não tinha mais razão de viver. Tinha perdido tudo. Já era hora de aceitar que um tútsi não podia existir. As coisas eram assim. O jipe do funcionário passou de novo. Ele me mandou subir e me levou até uma casa vigiada por soldados do exército e outros tantos milicianos. O funcionário exigiu que não me tocassem, ele me queria só para ele. Eles me jogaram num quartinho no fundo do pátio onde havia moças trancadas. Algumas tinham a idade de Christelle, minha filha mais velha. De noite, os milicianos e os soldados vinham buscar algumas para estuprar em grupo. A maior parte delas foi assassinada, ou foi tão martirizada que morreu devido aos ferimentos — ou por doença, porque muitos estupradores tinham AIDS. Numa noite, a porta do nosso calabouço ficou aberta e aproveitei para fugir. Não sabia em que parte da cidade eu estava. Mais pela periferia, porque tinha mato e capim alto. Quando vi que o dia estava prestes a amanhecer, me escondi num campo. Faminta, cavei a terra para encontrar algum tubérculo para roer. Durante o dia, ouvi crianças brincando de caçar os tútsis. Do meu esconderijo, vi um homem escondido numa árvore. Crianças o encontraram e começaram a jogar pedras antes de chamarem seus pais. As pessoas o conheciam, o chamavam pelo nome. Elas se juntaram para derrubar a árvore. Cantavam que iriam matá-lo e as crianças repetiam a canção em coro. Quando a árvore caiu, a multidão correu para cima dele. Em seguida, as crianças voltaram a fazer a macabra brincadeira de esconde-esconde com os tútsis.

Fiquei paralisada o dia inteiro. Logo que escureceu, peguei a estrada, sem saber para onde ia. Coloquei minha vida nas mãos de Deus. Eu tinha sede e estava fraca. Nas colinas, à minha frente, casas queimavam, gritos de vítimas ressoavam no silêncio. Encontrei uma gruta para me esconder e passei a manhã toda ali. Eu não tinha comido nem bebido nada por quase dois dias e começava a ter alucinações. Não sei de onde tirei forças para sair dali. Eu corria riscos me expondo daquela maneira, em plena luz do dia, mas sabia que, se ficasse ali, morreria. Eu precisava beber água. Avistei enfim o rio Nyabarongo, mas era impossível beber daquela água. Cadáveres boiavam aos montes.

    Foi então que duas pessoas se aproximaram de mim. Um camponês hútu e seu filho. Achei que eles iam me matar, mas, ao contrário, o homem me ajudou a me esconder e disse que voltaria à noite. Ele cumpriu sua promessa. Trouxe água e algumas batatas-doces. Antes de ir embora, ele me indicou um caminho para chegar numa paróquia. Vi nisso um sinal. Desde 1959, eu e minha família sobrevivemos nos refugiando em igrejas. O homem foi embora e até hoje me arrependo de não ter perguntado o seu nome.

    Ao chegar na igreja, agradeci a Deus. Nós éramos muitos. Havia famílias inteiras, muitas crianças. Todo mundo dormia e cozinhava no chão. Encontrei um lugar minúsculo para me sentar. Naquela noite, comecei a sentir a febre subir. Logo entendi que era malária. Estava fraca e dormia o dia inteiro. Algumas mulheres idosas cuidaram de mim como mães, me dando de comer e beber quando eu não tinha mais forças.

    No sétimo dia, o padre rezou uma missa cheia de subentendidos e insinuações hostis. Choramos muito, pois havíamos captado a mensagem. Por volta das dez horas, o prefeito, o subprefeito, os soldados e os milicianos Interahamwe cercaram a igreja e mandaram sair os hútus refugiados ali conosco. O padre foi o primeiro a obedecer. Ele foi cúmplice desde o começo. O plano das autoridades era reunir os tútsis para matá-los. Em 1994, as igrejas se tornaram armadilhas mortais. Os soldados fecharam as portas com correntes e enormes cadeados antes de quebrar os vitrais e jogar granadas lá dentro. Em seguida, os milicianos entraram para matar os feridos com facões, machados, lanças, espadas e porretes cravejados de pregos."

    A voz de Eusébie tremia. O homem de boné lhe trouxe um copo d'água. Essas últimas palavras provocaram crises traumáticas no estádio, numa reação em cadeia. Duas fileiras abaixo de nós, uma mulher urrava e se debatia como se o fogo a queimasse, gritando em kinyarwanda "Não me matem! Não me matem!". Eu me virei para Stella, seu rosto estava contorcido de pavor. Ali perto, um jovem caiu de repente no chão, agitado por espasmos, contraindo todos os músculos. Claude apertava a cabeça entre as mãos, tomado por soluços violentos. Em nossa fileira, reparei numa mulher em pé fazendo suas necessidades na calça. Eu estava em pânico e com falta de ar. Eusébie continuou sua história apesar do caos geral.

"Acordei muito tempo após o massacre. Talvez dois ou três dias depois, não sei. Ninguém parecia ter sobrevivido. Havia sangue por toda parte e as moscas zumbiam por cima dos milhares de corpos. Eu estava ferida. Havia recebido marteladas na cabeça e tinha estilhaços de granada nas pernas. Eu estava sangrando. Rastejei para fora, onde havia também muitos corpos. Três milicianos estavam ali sentados, bebendo e fumando maconha. Quando me viram no pátio entre os cadáveres, eles riram. 'Onde essa aí pensa que vai?', disse um seguido de outro: 'Quem vai se incumbir de acabar com essa barata?'. O último respondeu: 'Logo ela morre. Não vamos nos cansar com essa velha. Já trabalhamos demais por hoje'. Eu me arrastei até um campo. Vi um cachorro com uma perna de criança na boca e corvos se alimentando de carne humana. Naquela noite, congelando de frio, pensei que nunca mais veria a luz do dia. Porém, eu sobrevivi, e no dia seguinte apitos e latidos de cães me acordaram. A caça aos tútsis havia recomeçado. Eu ouvia os gritos dos perseguidos, as súplicas das vítimas. Os assassinos se aproximavam perigosamente de mim. Meu fim estava próximo. Eu tinha aceitado meu destino muito tempo antes. Mas começou a chover e os milicianos interromperam as buscas. Passei então a me arrastar na chuva, sem saber para onde ia. Devo ter desmaiado mais uma vez. Acordei bem mais tarde. Ainda chovia. Um homem me levava nas costas. Quando viu que eu estava consciente, ele simplesmente disse: 'Você vai viver'. Ele se deslocava como um felino na noite, evitando os bloqueios dos genocidas. Ao amanhecer, acabamos chegando num campo da FPR. Meu salvador foi embora imediatamente, não pude lhe agradecer. Fui transferida para Mulindi, no norte do país, onde cuidaram de mim durante três meses, e voltei para Kigali no fim de julho. Nossa casa estava vazia, tinham roubado tudo. Procurei por meus filhos, depois fiquei sabendo que uma das minhas primas veio do Burundi, encontrou os corpos dentro de casa e se encarregou de enterrá-los no nosso jardim. Ao pé da grande árvore."

Ao ouvir essas palavras, Stella olhou para mim chocada e ao mesmo tempo aterrorizada.

"Eu tinha perdido tudo, meus pais, meu marido, meus filhos. Quis encerrar meus dias inúmeras vezes. Achava que ninguém tinha sofrido tanto quanto eu. Depois do genocídio, encontrei outros sobreviventes em situações ainda piores do que a minha e entendi que devia viver pela minha família que não está mais aqui. Eu não tinha escolha. Os corpos dos meus filhos foram levados ao memorial e pude enterrá-los com dignidade. Voltei a estudar. Em 1998, fui mãe novamente. Minha filha, Stella, é a minha razão de viver. Hoje, minha família vive através de mim, mas também através dela. É preciso lembrar que os tútsis foram mortos não pelo que pensavam ou faziam, mas pelo que eram. Devemos continuar contando o que aconteceu para que essa história se transmita às novas gerações e não se reproduza nunca mais em lugar nenhum."

O homem de boné avançou até Eusébie para ajudá-la a descer os degraus do palco. Ele a acompanhou até uma cadeira ao seu lado. Um oficial agradeceu pelo testemunho e convidou o presidente da República a tomar a palavra.

Stella se levantou sem dizer nada e andou até a saída. Eu quis segui-la, mas ela pôs-se a correr e não pude alcançá-la. No estacionamento do estádio, eu me vi no meio de um balé incessante de ambulâncias que evacuavam pessoas em macas. Um homem resistia a quatro enfermeiros que tentavam imobilizá-lo. Ele se debatia furiosamente — estava tendo alucinações e tomava toda a equipe médica por milicianos Interahamwe. Ao meu lado, uma moça olhava fixamente para o céu com um olhar louco, ela estava revivendo a hora da sua morte, e repetia: "Piedade! Piedade!". O passado estava presente, o genocídio ainda acontecia.

26.

As cerimônias tinham acabado de começar e tudo estava parado. Eventos públicos como casamentos, shows e competições esportivas foram remarcados e os restaurantes, bares e cassinos, fechados. Nós ficávamos, portanto, em casa. Claude se isolava no quarto, prostrado na cama e, como em todo mês de abril, era tomado por dores de cabeça. Eu preparava as refeições e deixava o prato na porta do seu quarto, mas ele quase não tocava em nada. À noite, eu o ouvia gemer e soluçar. Sartre continuava lendo e escutando seus discos, mas ele estava mais melancólico, menos disposto a fazer piadas. Stella, por sua vez, não atendia minhas ligações nem respondia às minhas mensagens. Preocupado, passei na casa da Eusébie, um dia, num fim de tarde. Eu a encontrei assim que entrei no terreno, empoleirada em cima da sua árvore. Escalei com menos habilidade do que antigamente e fiquei perto dela, ofegante.

— Acho que, com a idade, deveríamos parar de subir aqui.

— Olá.

— Eu estava preocupado. Te mandei um monte de mensagens.

— Desculpa. Nem vi.

Cada rajada de vento fazia tremer a folhagem do jacarandá e cobria o jardim com um tapete de flores. Nevava flores-de-sino de um lilás desbotado.

— Falei com a minha mãe. Ela disse que meu irmão e minhas irmãs foram realmente enterrados embaixo da árvore. Aqui.

Então eu reparei nas letras no tronco. Bem em cima, na casca, ao lado do nome de Rosalie, os de Christelle, Christiane, Christian e Christine.

— Descobrir que cresci numa casa onde eles foram mortos e onde seus corpos permaneceram por três meses... Nem minha mãe, nem Rosalie me haviam dito isso. Mas era assim que eu sentia. Sabia que esta árvore e esta casa guardavam um segredo. Sempre soube.

*

Quando Claude nos disse que iria para Kibuye, eu quis ir com ele, mas ele recusou veementemente. Ele precisava ficar sozinho. Em Kigali, as semanas eram intermináveis, Claude mandava às vezes um SMS para me acalmar, sem dizer quando pretendia voltar.

E depois, numa noite de junho, ele apareceu acompanhado pelo homem de boné preto. Dessa vez não havia dúvidas, eu estava convencido de que já tinha encontrado aquele cara. Quando ele disse seu nome, tive um estalo:

— Alfred, prazer.

— Mas claro, Alfred! Bem que seu rosto me dizia alguma coisa!

Claude e Sartre pareceram surpresos, e ele, visivelmente circunspecto.

— Nós nos conhecemos?

— Sim, sim. Nós nos cruzamos no verão de 1998. Você estava indo para o Congo.

Ele ainda não tinha se lembrado.

— Eu me lembro, você é da família daquele cara que trocava dinheiro — acrescentei.

— Sim, é o primo do Papi! — disse Claude, surpreso.
— Ele mesmo, o Papi!
Alfred franzia as sobrancelhas como se rebobinasse as lembranças. Finalmente, vi um sorriso sincero iluminar o seu rosto.
— Pronto? Conseguiu lembrar?
— Sim. Inacreditável! Mas o que você está fazendo aqui?
— Claude é meu... bem, ele é da minha família. Mas que coincidência!
— Sim, coincidência... ou destino.
— Poxa vida, poxa vida... — repetia Claude.
— Tudo isso é bem bonitinho, mas que tal abrirmos algumas garrafas? — propôs Sartre.
O reencontro com Claude e Alfred foi festejado em grande estilo. Álcool. Risadas. Música. Claude havia emergido das profundezas em que o mês de abril o mergulhara. Ele estava animado e com uma cara boa. Fleumático, com um poderoso carisma, Alfred falava pouco, observava muito e se expressava com gestos sóbrios, numa mistura de naturalidade e determinação. Ele parecia saber exatamente o que queria. Sartre estava tão aliviado de ver que Claude estava bem que resolveu festejar como nunca. Ele adotava a mesma técnica que em seu bar: assim que um de nós terminava sua cerveja, ele enchia o copo rapidamente, ignorando os protestos de Alfred, que dizia não ter o costume de beber.
Enquanto falava, Sartre abriu uma nova Mützig para ele.
— Não se faça de tímido, meu velho.
— Então, conte-nos por onde você andou em Kibuye por dois meses? — perguntei ao Claude.
— Estava com o Alfred — explicou, olhando para ele com um olhar cúmplice.
— Oh, agora estão de segredinho. O que vocês aprontaram?
Debochado, Sartre já estava com uma voz de bêbado.

— Alfred estava procurando uma casa longe do mundo. Comentei com ele sobre o chalé na beira do lago. Ele visitou e, no dia seguinte, comprou.
— Mas aquilo ali está em ruínas.
— E você, Sartre, não está em ruínas? — eu repliquei, provocando risadas em todo mundo.
— Com a ajuda de Claude e alguns camponeses dos arredores, fizemos uma boa reforma — prosseguiu Alfred. — Só falta uma bela pintura, mas agora ela está ótima. Vocês precisam aparecer!
— Você não está mais no exército?
— Não, acabou. Depois do Congo, passei alguns anos em Darfur e um ano na República Centro-Africana, em missões de paz. Mas, como todo nômade, eu sonho em fincar os pés em algum lugar.
— Você vai fazer o quê?
— Nada. Saborear a calma e o silêncio.
— Por enquanto, você vai é beber uma cerveja gelada — acrescentou Sartre, esticando a garrafa que ele tinha acabado de abrir e que Alfred não tinha tocado.
— Não, obrigado, de verdade. De qualquer forma, não vou demorar muito.
— Você não queria perguntar um negócio pro Sartre? — lembrou Claude.
— Ah, sim, já ia me esquecendo. Claude disse que você tem uma bela coleção de livros, música e filmes.
— Sim, como você pode constatar — proclamou Sartre abrindo bem os braços para mostrar o cômodo.
— Eu queria comprar tudo isso de você. Vou ter tempo, e sonho com uma casa repleta de histórias do mundo inteiro à disposição.
— Comprar tudo? Mas isso vai te custar uma pequena fortuna, meu querido.

— Tenho certeza de que você pode fazer um preço razoável, não? — sugeriu Alfred, sorrindo.
— E por que eu faria isso?
Sartre tinha ido da alegria à agressividade, como geralmente acontecia quando bebia demais.
— Calma, meu irmão — interveio Claude. — Não vamos nos exaltar. Alfred é meu amigo.
— Ele está se achando muito, esse seu amigo, está pensando que o meu tesouro pode ser pechinchado como um simples quilo de berinjela? Não vou vender nada. Nem conheço esse cara.
Alfred engoliu a agressividade de Sartre, com toda a calma e um sorriso discreto. Ele recuou na poltrona e cruzou os braços compridos e musculosos.
— E, no entanto, eu te conheço. Você é o filho do Mathias, o grande comerciante de Gitarama. Aquele que foi fuzilado no estádio em julho de 1998.
Sartre ficou transtornado.
— Você está enganado — ele protestou, tentando recuperar a compostura.
— De modo algum. É você mesmo. Seus irmãos foram mortos pela FPR durante o genocídio. Eles tomavam conta do bloqueio na frente do colégio Saint-André. Você era pequeno, então só roubava enquanto os outros massacravam. Nesse país, sabe-se de tudo. Como você pôde imaginar que nós nos esqueceríamos? Mas isso não é mais problema meu. Já me resolvi com a guerra e com os genocidas como seu pai e seus irmãos. Só quero calma e tranquilidade. Eu vou voltar. Pense bem na minha proposta. Tenho certeza de que você pode fazer um preço camarada.
Quando Alfred foi embora, nós ficamos os três na sala, paralisados. Um ciclone tinha acabado de passar.
— Eu posso explicar tudo, meu irmão...

— É verdade o que o Alfred acabou de dizer? — Claude simplesmente perguntou, com uma voz entrecortada.

— Você sabe tudo o que fiz por você e pelos órfãos. Sabe que não sou um homem mau.

— Me responde. É verdade o que o Alfred disse?

— Meu irmão...

— Você me traiu — gritou Claude, contraindo os punhos e a mandíbula. — Você não era órfão? Seus pais não morreram em 1994?

— Me perdoa! Eu fiquei com vergonha. A gente não escolhe o que os pais fazem.

— E o Palácio? As pessoas que viviam lá, foram seus irmãos que os mataram, não foi?

— Eu não tenho nada a ver com isso, Claude.

Dessa vez, Sartre estava realmente desesperado, ele chorava como uma criança. Eu assistia à discussão petrificado.

— Você nos fez viver num lugar onde seus irmãos mataram?

— Eu fiz isso para nos salvar. Me perdoa, meu irmão!

— Para! Não me chame nunca mais de irmão. Eu abri meu coração e minha alma para você e você pisou em cima.

Claude se levantou e foi embora. Eu não ousava me mexer diante de Sartre, prostrado na sala. Ele acabou se virando para mim com os olhos vermelhos de lágrimas.

— Eu não sou responsável pelos atos do meu pai e dos meus irmãos, Milan — ele repetiu.

— Mas você é responsável pela verdade. Você deveria ter denunciado os crimes, contado sua história para o Claude.

— Eu não podia. Era a minha própria família, entende?

— Não me peça para entender.

— O que eu deveria ter feito? Renegar minha família? Renegar os meus?

— A amizade de Claude tinha esse preço. Você não pode ter tudo.

Não vi Claude nos dias seguintes. Sartre acabou dando tudo para Alfred. Ele temia encrencas com a justiça e preferiu se separar do seu "tesouro". Depois foi embora da casa por conta própria. Desapareceu do bairro. Agora eu estava sozinho. Aqueles cômodos vazios, que eu sempre vi repletos de tralha e poeira, ressoavam um eco triste.

Passados dez dias, ainda sem notícias de Claude, peguei um ônibus para Kibuye. Talvez ele estivesse na casa de Alfred. O ônibus me deixou no centro e continuei a pé passando pela igreja Saint-Jean, erguida no alto de um promontório em meio a uma paisagem linda de tirar o fôlego. Percorri a estrada que descia em direção às margens exuberantes. Naquele fim de tarde, a água do lago era de um azul profundo com reflexos prateados. A brisa do lago enrugava a superfície e soprava suavemente em meu cabelo. Deixei o asfalto para trás e peguei um caminho estreito de areia branca salpicada de cristais de mica, que levava à parte alta da península, repleta de árvores frutíferas, palmeiras, figueiras e grevíleas antigas. O sol riscava o horizonte e, por entre os galhos, seus raios iluminavam a estrada com feixes de luz nos quais se agitavam minúsculas moscas inofensivas. Na água, crianças brincavam e um rebanho de vacas nadava entre duas ilhotas, apenas suas grandes córneas emergiam do lago. Um grupo de íbis passava em esquadrilha, formando um triângulo alto no céu. O caminho levou enfim ao chalé de madeira branca à beira do lago. As janelas francesas estavam escancaradas, as cortinas balançavam com a brisa, e uma música ressoava de dentro da casa. O interior tinha sido completamente renovado. Grandes estantes de livros cobriam as três paredes da sala, abrigando a coleção que um dia esteve no Palácio. Todos aqueles livros, todos aqueles discos que eu via em pilhas poeirentas estavam organizados e arrumados. Chamei pelo Alfred, bati na porta dos quartos, mas não tinha ninguém. Eu estava emocionado por estar ali sozinho, anos depois daquele fim de semana intenso que passei com Stella, Claude e Sartre, escrevendo sobre Rosalie. Eu estava pensando nisso quando fui me sentar na varanda, de frente para o lago. A música enchia o céu. Não sabia se era de uma canção de amor ou uma oração em suaíli. As vozes de Makeba e Belafonte se misturavam graciosamente, "Malaika" pairava no ar, leve e frágil, encantando até minha melancolia mais profunda.

O sol acabava de se pôr quando vi um barco se aproximar, depois atracar no cais. Alfred tinha ido comprar peixe dos pescadores de um vilarejo vizinho. Ele me pediu para ajudar a preparar a comida, como se eu estivesse ali desde sempre. Porém, não tinha nenhuma notícia de Claude. A noite estava fria, então ele acendeu a lareira e jantamos perto da chaminé. Ele me ofereceu uma cerveja, mas continuava bebendo só água. Em nossa última noite, em meio ao álcool, à alegria dos reencontros e ao choque das revelações sobre Sartre, eu nem tinha falado do dia 7 de abril.

— Te vi no estádio, no dia da cerimônia. Você conhece Eusébie?

Ele pareceu surpreso.

— Sim, por quê, você também?

— E muito bem. Ela é amiga de infância da minha mãe. E minha amiga.

— Ora essa... E eu disse justamente que talvez nosso encontro não fosse mera coincidência.

Pensativo, ele se levantou para pegar uma cerveja na geladeira e bebeu alguns goles em silêncio antes de prosseguir.

— Eu a conheci durante o genocídio. Nós prestávamos socorro em Kigali e nos arredores. Ouvimos falar que uma igreja tinha sido atacada no Sul, um pouco fora da cidade. Estávamos em doze, não mais, porque precisávamos andar depressa e sem alarde. Quando chegamos no lugar, estava chovendo, o que diminuía os riscos de encontrar o inimigo.

Os soldados tinham vomitado na igreja por causa do cheiro insuportável e da visão daqueles milhares de corpos em decomposição. Demos a volta para verificar se havia sobreviventes e um dos homens encontrou uma menininha naquele ambiente pestilento. Ela não estava ferida, mas também não falava. Ela tinha ficado ao lado dos cadáveres dos pais durante dias. A presença daquela criança no meio daquele lixão da pior barbárie humana... Eu penso nisso o tempo todo. Por onde quer que olhássemos, só podíamos imaginar a explosão de violência capaz de tornar possível tamanho horror. Os assassinos tinham decapitado até a estátua da Virgem Maria no altar. Em volta do prédio, na vegetação rasteira, encontramos outros com vida — oito no total, de milhões. Fomos embora com os sobreviventes. Alguns podiam andar, transportávamos os outros em macas improvisadas. Chovia, mas a noite estava levemente iluminada por uma meia-lua que às vezes escapava por entre nuvens espessas. Tínhamos que ficar alertas. Ao passar perto de um campo, vi um corpo na lama. Uma mulher. Quis ver se estava viva, mas o soldado com quem eu carregava a maca andava depressa. Duas horas mais tarde, cruzamos com uma patrulha e os soldados assumiram a tarefa de cuidar dos feridos, pois estávamos exaustos. Quando fomos embora, eu não parava de pensar naquela mulher na lama. Ela me lembrava minha mãe. Uma imagem da infância que guardava dela. Depois da morte do meu pai, em Bukavu, ela entrou em depressão. Um dia, ela se deitou ao relento, na chuva, na lama. Não sei por quê, mas naquele dia fiquei dentro de casa, observando-a sem me mexer. Sem ir ajudar. Meus irmãos mais velhos a tiraram dali e depois brigaram comigo, recriminando minha passividade. Guardei essa vergonha comigo por anos. É por isso que a imagem daquela mulher na chuva continuou me assombrando duas horas depois. Avisei à minha patrulha que eu voltaria para checar. Eles acharam que eu estava louco, mas o chefe não me dissuadiu. Encontrei o caminho sem dificuldade. A mulher não tinha se mexido. Ela ainda estava na lama. Toquei nela, seu corpo estava frio por causa da chuva, mas seu pulso batia forte. Como se seu coração fizesse um último esforço para se manter em vida. Eu a levantei, apoiei-a em minhas costas e tentei andar depressa para alcançar o grupo. Em dado momento, ela abriu os olhos e eu a reconfortei, prometi que cuidaria dela. Era absurdo porque a chuva tinha parado e eu ouvia o inimigo nos cercar. A caça aos tútsis estava de volta. Tive que ser esperto para não ser pego e, por um milagre, consegui alcançar a base de manhã cedo. Os outros não acreditavam. Transportei a mulher até o hospital de campanha. Eu tinha pouco tempo, nós precisávamos voltar às missões. Mesmo assim, antes de ir embora, perguntei seu nome. Ela murmurou: Eusébie. É a história que você ouviu no estádio.

Alfred se levantou para colocar lenha na chaminé e soprou as brasas antes de sentar em silêncio.

— Vocês não se viram mais depois disso?

— Uma única vez.

— Você quer dizer no estádio?

— Não, quando voltei da primeira guerra do Congo, em 1997. Não sei como conseguiu, mas ela me encontrou, num momento em que eu não tinha mais gosto pela vida. Nós éramos duas almas perdidas, como mortas. E dessa vez, foi ela que nos trouxe de volta à vida, que lutou para impedir que afundássemos. Sim, foi a vez de ela me salvar, de me convencer que a vida ainda era possível.

Nós dormíamos tranquilamente, ninados pelo marulho das ondas e o coaxar rouco dos sapos. O vento da noite soprava sonhos bonitos em meu sono. O barulho de ferragem entrou primeiro em meu sonho, depois, faíscas de luz percorreram as paredes do quarto, penetrando na escuridão do caminho que levava ao chalé. Um motor foi se aproximando de nós no ritmo de um cortejo fúnebre.

— Quem é?

Encontrei Alfred já em pé, escrutinando a noite através das cortinas.

— Um carro, parece uma caminhonete.

Ele acendeu a lâmpada externa e se dirigiu com segurança à varanda, perguntando com uma voz autoritária quem estava ali. O motor e os faróis se apagaram. Claude saiu do veículo sem dizer uma palavra ou olhar para nós, caminhou até a traseira da picape, abriu a caçamba e puxou com toda a força um saco grande de juta bem amarrado, fazendo-o cair no chão. Ouvimos um grito abafado vindo de dentro. Alfred e eu nos aproximamos, desconfiados, mas Claude continuava sem dizer nada. Ele parecia exausto, atordoado. Suas roupas estavam manchadas de sangue. Alfred se ajoelhou e, com alguma dificuldade, desatou os nós e abriu o saco. Dentro dele, com as mãos amarradas nas costas e a boca amordaçada, havia um homem encolhido, com um olhar assustado.

— Por que você trouxe isso para minha casa? — perguntou Alfred, calmamente.

— Que merda, Claude, que brincadeira é essa! — gritei em pânico. — Quem é esse cara?

— O Gato — respondeu Claude, friamente.

O homem estava aterrorizado. Seu nariz e sua cabeça sangravam.

— Quem é esse Gato?

Alfred ainda mantinha a calma, mas sua voz estava gelada.

— O assassino da família dele.

Respondi no lugar de Claude, ainda petrificado, atônito. Alfred balançou a cabeça com ar de desapontado. Ele remexeu os bolsos, tirou um maço de cigarros, acendeu um e soprou algumas baforadas de fumaça antes de perguntar.

— E o que você pretende fazer com ele?
— Matá-lo. Estava esperando que ele saísse da prisão.
Alfred soltou um risinho nervoso.
— Me diz uma coisa, guri, você já matou alguém?
— Não, mas eu não tenho medo. Esse cara merece a morte pelo que fez com a minha família.
Alfred continuava fumando tranquilo. Eu tinha me sentado nos degraus da varanda. Totalmente transtornado. Incapaz de dizer qualquer coisa.
— Vou matar esse vira-lata e jogá-lo no lago — prosseguiu Claude, antes de cuspir no homem e dar um chute em suas costas. — Vou acabar com esse desgraçado.
— É claro, você tem razão — disse Alfred. — É exatamente o que ele merece depois de tudo o que fez. Eu posso até te ajudar, se você quiser, mas, primeiro, deixa eu te contar uma história. Durante o genocídio, nós vimos do que esses selvagens eram capazes, de modo que, quando tomamos o país de volta, alguns dos meus irmãos de armas fizeram justiça com as próprias mãos. A maioria deles foi julgada pela corte marcial e fuzilada. Eu perdi muitos amigos dessa forma. Mas eu os compreendia. Eu compreendia o ódio deles. Compreendia totalmente. Então, quando os genocidas fugiram para as florestas do Congo em 1996, levando consigo a população como escudo humano, e nos mandaram capturá-los, eu liberei todo ódio que havia acumulado. Nas profundezas da floresta congolesa, longe do meu comando, entrei num transe de vingança. Massacrei, reduzi a pedaços, sem distinguir inimigo de civil. Tudo se confundia na minha cabeça. Eles não passavam de animais de abate.
Claude, imóvel, escutava atentamente. O Gato estava retorcido em cima do cascalho.
— Eu me tornei como eles. Não melhor.
Ele esmagou o cigarro antes de concluir:
— O ciclo da vingança não tem fim, meu irmão.

Em seguida, ele deu meia-volta em direção à casa e saiu alguns segundos depois com um revólver. Enquanto se aproximava de Claude, carregou a arma com uma bala e a ajeitou na mão dele. Ouvíamos grunhidos abafados vindos do Gato, gritos sufocados pela mordaça.

— Se você nunca matou, te aconselho a enfiar uma bala aqui — explicou ele, apontando o dedo indicador para a nuca de Claude.

Em seguida, Alfred nos desejou boa-noite e entrou em casa. Finalmente, encontrei forças para me levantar e corri até Claude para pegar o revólver. Ele se debateu, me deu um soco e mandou eu me afastar. Eu gritei:

— Não faça isso, é a maior burrice! Isso não vai trazer sua família de volta!

Claude encaixou a arma na cinta da calça. Pegou o Gato pelas pernas e depois o arrastou até o cais para deixá-lo de joelhos. Retirou a mordaça e ficou atrás dele, com o braço esticado, apoiando firmemente o cano da arma na nuca. O Gato sabia que não tinha chances. Ele rezava em voz baixa. Esperando a morte. Como a família de Claude, vinte anos atrás.

27.

2020

No outro extremo da cidade, o hospital psiquiátrico de Ndera é um prédio comprido pintado de rosa, cercado por um parque muito bem cuidado. Na entrada, uma estela presta homenagens às vinte e uma mil vítimas massacradas ali durante o genocídio. No dia 16 de abril de 1994, os pacientes e as inúmeras pessoas que haviam se refugiado no prédio foram abandonadas pelos soldados belgas. Eu me lembro das imagens na tevê, daquelas milhares de pessoas levantando os braços para o ar, implorando pela ajuda do contingente belga que acabara evacuando somente os ocidentais e seus animais de estimação, enquanto o hospital estava cercado de assassinos. Hoje, Ndera ainda é o maior centro psiquiátrico do país. Stella está internada lá há três dias. Indicaram-me seu quarto na recepção, mas ele está vazio. Uma enfermeira me sugere procurar perto do refeitório. Escuto um clamor ao longe. Avanço pelos longos corredores e o som é cada vez mais forte. Na sala revestida de azulejos brancos e ainda decorada com guirlandas de Natal, duas enfermeiras estão de pé atrás de uma mesa de som, de frente para cerca de trinta pacientes com roupas de ginástica, sandálias nos pés, dançando trip hop de olhos fechados e braços levantados ao céu, como numa missa pagã. Acabo encontrando Stella esparramada numa cadeira de plástico num canto da sala, com os ombros caídos e os braços pendurados entre as pernas. Uma avezinha abandonada num moletom largo demais para ela.

Ao tocá-la no ombro, ela levanta os olhos e esboça um sorriso cansado. Nós nos afastamos da música, de seus tambores frenéticos e suas cordas sinfônicas, para encontrar um pouco de calma nos jardins, num banco à sombra de uma sete copas africana. Na nossa frente, mulheres estendem grandes lençóis brancos em um varal. O sol recorta suas silhuetas contra a luz por trás do tecido.

— Não precisava se preocupar, Milan. Segundo o médico, meu estado é estável. Devo dizer que estão me dopando de neurolépticos. Consegui dormir algumas horas essa noite, apesar da baderna do quarto vizinho.

— Você tem comido?

— Não muito.

— Tem alguma coisa que gostaria de comer?

— É gentil da sua parte, mas ontem minha mãe trouxe frutas e doces e nem toquei neles. Você vai ver como ela está se contendo. Ela tem hesitado entre a empatia e as críticas. Mas no fundo, eu a conheço bem, ela está decepcionada. Vejo como ela me acha frágil. Ou mimada. Certamente um pouco dos dois. Fazer o quê, dessa vez não posso fazer nada. Não tenho mais forças para esse teatro, interpretar o papel da menininha modelo que lhe convém desde sempre. Tenho vinte e um anos e já estou tão cansada, tenho a impressão de ter um corpo sem coração e uma alma sem espírito.

Ela se põe a chorar e eu a abraço em silêncio.

— Aqueles assassinos cortaram a árvore.

Eusébie me avisara e eu tinha ido até lá naquela manhã para constatar o estrago. O terreno estava desfigurado. No lugar da árvore, havia agora um grande buraco de luz crua expondo o jardim à mordida do sol carniceiro. Acabaram-se a sombra protetora e o frescor. O lugar estava irreconhecível. Como se tivesse sumido.

— Minha mãe mandou construir uma residência no jardim. A locação dos apartamentos é para financiar a porcaria dos meus estudos nos Estados Unidos. Por isso, ela pediu aos trabalhadores que a cortassem. Você imagina? Sem me avisar. Sem mais nem menos. Quando o médico disse a ela que talvez eu tenha surtado por causa disso, ela riu: "Nunca se viu alguém ir ao hospital por causa de uma árvore".

Ela se afoga em lágrimas mais uma vez. Eu lhe ofereço um lenço.

— Eu já tinha perdido tudo, meu irmão, minhas irmãs, Rosalie. E agora, a paisagem da minha infância... Tenho a impressão de estar no meio do nada. Em um deserto infinito. De não ter mais nenhuma referência para me apegar. Nada.

Suas palavras ressoam tão profundamente em mim que só sou capaz de escutá-la.

— Não volto para os Estados Unidos. Decidi interromper meus estudos. Eu só estava fazendo isso pela minha mãe.

— Ela também faz tudo isso por você, não?

— Por isso eu nunca disse nada, sempre fui irrepreensível. Por gratidão. Mas não quero mais. Preciso encontrar meu próprio caminho.

— E você vai fazer o que da sua vida, então?

— E você, faz o que da sua?

Olhamos um para o outro e caímos na risada.

O hospital fica na estrada de Rwamagana, perto do vilarejo de Claude, então pego um mototáxi ao sair de Ndera e, após longos minutos de negociação — da minha parte, num kinyarwanda improvisado —, o motoboy me dá uma touca descartável antes de me entregar o capacete. Pegamos a estrada rumo ao leste. Kigali se expandiu tanto que se fundiu a outras cidades, e essa continuidade urbana dá um caráter cada vez mais impessoal e desencarnado aos lugares e paisagens. O último trecho de estrada que sobe até a colina de Claude ainda é de terra, mas obras recentes de terraplanagem indicam que o asfalto não vai demorar a chegar, transformando o campo em cidade-dormitório. As plantações e casinhas de terra com tetos de telha já começaram a desaparecer para dar lugar a construções uniformes e de baixo custo, casonas de concreto com áreas externas cimentadas, varandas com colunas, vidraças escurecidas e telhados metálicos multifacetados. Ao chegar a pé ao centro do vilarejo onde o táxi me deixou, avisto Claude de longe, sem camisa e com a testa pingando. Ele está construindo um muro de tijolos com mais dois trabalhadores. Sorri ao me ver, acenando com a mão.

— Parabéns, você se lembrou do caminho!
— Sim, até eu me surpreendi. As obras estão avançando?

Aperto a mão dos dois jovens trabalhadores.

— Esses são Manuel e Jean-Marie Vianney.

Claude diz em kinyarwanda que eu me chamo Milan e sou seu sobrinho. O que os faz rir. Talvez por termos a mesma idade, ambos trinta e sete anos, mas mais provavelmente porque sou branco. Claude passou os últimos cinco anos no Quênia e em Uganda, trabalhando como motorista e motoboy. Ele fugiu de Ruanda e dos fantasmas do passado. Quanto a mim, fiquei na casinha de Nyamirambo, sem objetivo ou projeto, sobrevivendo de bicos, multiplicando namoros sem compromisso e tentando a todo preço escrever a história da família, sem nunca conseguir.

— Você os contratou?
— Não, são os filhos do Gato. Eles vieram por conta própria me dar uma mão.
— Que legal. E ele? Apareceu?
— Ainda não. Ele ainda tem medo de mim depois do susto que lhe dei há cinco anos em Kibuye. Ele não superou. Mesmo assim, me cumprimenta de longe. Bom, chega de papo, venha me ajudar!

Claude mostra como passar o cimento e dispor os tijolos. Ele voltou para Ruanda fazia algumas semanas. Eu o achei mudado. Como se a escuridão dentro dele tivesse se dissipado.

— Vou construir igualzinho a como era antes e depois fazer uma cerca de eufórbias aqui. Lá no canto, pensei em plantar uma goiabeira, ou um mamoeiro, e desse lado aqui vou recriar o bananal.

— Você ainda não disse o que vai fazer com essa casa. Vai morar nela?

— Não, aí também não. Para tudo tem limites. Mas ao menos a casa estará aqui. Não vai mais ter essas ervas daninhas e essas ruínas. E depois vou comprar uma vaca. Jean-Marie Vianney e Manuel se dispõem a cuidar dela. Em troca, vão ficar com o leite para a família deles.

— Você tem me saído uma verdadeira propaganda da Reconciliação!

— Ha, ha, ha... Larga de ser besta!

Em algumas horas levantando tijolos embaixo do sol quente, terminamos uma parede. Vestimos nossas camisetas, agradecemos aos dois jovens e descemos ao bar do vilarejo para tomar um refrigerante. Ao nos verem passar, os moradores observam, mas não sentimos mais aquele terror em seus olhares, como antes. O tempo cumpriu seu papel. Dentro do barzinho de terra batida está tão escuro que nossos olhos levam um tempo para se acostumar com o breu. Sentamos num banquinho, na frente de dois caras bebendo cerveja de banana em silêncio. Claude os cumprimenta educadamente e pedimos duas Fantas. Não brindamos a nada em particular, o líquido açucarado e gasoso desce rápido por nossa garganta seca.

— Esses caras que acabei de cumprimentar também são antigos assassinos. Eles faziam parte do grupo que cometeu o massacre na escola. Por isso não posso morar aqui. Viver em contato direto com eles é impossível. Mas agora consigo cruzar com eles sem sentir vontade de esganá-los.

Rimos alto e os dois homens nos olham parecendo achar graça. Claude continua:

— Na verdade, esqueci de te falar, outro dia encontrei o Sartre por acaso. A gente até tomou uma cerveja. Falamos de tudo e nada. Mas alguma coisa se quebrou. E nunca mais vai dar pra consertar.

Bebemos alguns goles em silêncio. Os dois homens ao lado batem papo sem prestar atenção em nós. O que devem pensar vendo Claude sentado, bebendo ou ocupado construindo a casa da família com os filhos do próprio Gato? Será que pensam que o projeto que tinham de exterminação total fracassou? Que aquele ódio que demonstraram com tanto sadismo não serviu para nada? Claude parece ler meus pensamentos:

— Sabe o que mais condeno neles, em todos eles, Sartre ou os dois caras na nossa frente? Terem criado, e por muito tempo ainda, uma sociedade de desconfiança.

28.

Dez anos que eu não voltava a Paris. Estou encantado com a cidade, sua profusão de luzes, monumentos antigos, homens e mulheres de todos os lugares, uma animação perpétua. Nunca pensei que sentiria saudade de tudo isso, até chegar de táxi na capital ainda iluminada pelas decorações de Natal. Desde que saímos do aeroporto, o motorista desatou num monólogo inflamado contra a política, a imigração, a imprensa, a ecologia, o poder de compra e a invasão dos patinetes... Vou concordando com "hum" de vez em quando, mas não presto atenção, estou preocupado. Dois dias atrás, meu pai me ligou e, com uma voz assustada, disse: "Milan, soube agora mesmo que sua mãe está doente. Você precisa voltar. Vou transferir um dinheiro para a sua conta. Compre imediatamente uma passagem de avião". Não tive mais nenhuma explicação, mas sabia que era urgente.

Antes de entrar no quarto, o médico, um jovem residente com olheiras, me anuncia sem meias-palavras que ela está com um câncer, em estado terminal, e que seus dias, até mesmo suas horas, estão contados. Ela sabia que estava doente fazia muito tempo, mas guardou isso só para ela. O médico me vê pálido e tenta me reconfortar dizendo que ela está consciente, sob efeito de morfina, e que posso falar com ela. Quando ele sai, eu me agacho no corredor para digerir a informação, me recompor e reunir forças para encontrar minha mãe... Já se passaram dez anos... Eu a encontro deitada na cama, sonolenta. Ela está linda. Meus olhos estão marejados,

mas contenho a vontade de chorar. Eu me aproximo de um banco perto dela e seguro delicadamente sua mão. Ela abre os olhos, me reconhece, e sorri com ternura.
— Você está aí?
Percebo o cansaço da sua voz e vejo o medo em seus olhos.
— Mamãe, me desculpe...
— Shhh, não diga nada. As coisas são assim mesmo.
Continuo segurando sua mão. Está quente e macia.
— Como você está? — ela me pergunta.
— Estou bem, mamãe. Estou bem.
— E meu irmão mais novo?
É a primeira vez que a ouço dizer irmão mais novo para falar de Claude.
— Também. Ele reconstruiu a casa da família na colina da sua infância. Não é mais o pequeno Claude que conhecemos. Ele se tornou um homem que decide a própria vida.
— Como você — ela diz com a voz exausta.
— Além disso, tenho ido sempre a Butare visitar a Mami. Praticamente uma vez por semana. Joséphine cuida dela como uma filha... Enfim, quis dizer que ela cuida realmente muito bem. Mami perdeu completamente a memória, com o Alzheimer. Ela não fala mais nada de francês. Ainda bem que agora eu falo um pouco de kinyarwanda.
Ela sorri. Não sei se gostou de ouvir isso, mas sorri.
— E quer saber da maior? Mami deu pra me chamar de Emmanuel.
— Emmanuel?
— Sim, seu pai. Ela acha que eu sou o Emmanuel e, assim que me vê, me enche de beijos. Diz que nunca deixou de me amar. Que sou o amor da vida dela. Você não imagina o quanto Joséphine e eu já rimos disso.
Minha mãe continua a sorrir e seus olhos se iluminam. Uma enfermeira chega e me pede para sair por um momento,

então vou comprar um café na máquina, depois desço para espairecer. As enfermeiras fumam cigarros naquele frio glacial, com a cabeça enfiada nos ombros e as mãos trêmulas. Eu tinha esquecido o inverno, seu frio de rachar. Foi o tempo de subir, e minha mãe já estava dormindo. Exausto pelas doze horas de voo, tiro meus sapatos e empurro a poltrona o mais perto possível da sua cama, antes de encolher minhas pernas no estofado de couro sintético. Faço do meu casaco cobertor, puxo-o até o queixo e ligo a televisão. É a hora do noticiário. A apresentadora anuncia a morte trágica do jogador de basquete Kobe Bryant num acidente de helicóptero em Los Angeles, depois começa uma reportagem a respeito de uma gripe misteriosa que está assolando a China.

No meio da noite, fico me revirando na poltrona, mas não consigo encontrar uma posição. Naquela semiescuridão, dou uma olhada para a cama. Com os olhos bem abertos, minha mãe encara o teto. Uma luz de neon falhando pisca no corredor, projetando seus flashes erráticos: "Tá tudo bem, mãe?". Ela me olha desesperada. Penso de repente naquela mulher no estacionamento do estádio, muitos anos antes, durante a cerimônia. A que revia a própria morte. Minha mãe murmura: "Faça uma oração antes que eu me afogue de uma vez por todas". Eu me ajoelho aos pés da cama e coloco sua mão sobre a minha. Não sou religioso, nunca fui a uma missa, mas graças à Mami, agora sei algumas orações. Abaixo a cabeça em direção à cama e começo simplesmente a Ave Maria:

> Ave Maria, cheia de graça,
> O Senhor é convosco.
> Bendita sois vós entre as mulheres
> E bendito é o fruto do vosso ventre, Jesus.
> Santa Maria, Mãe de Deus,
> Rogai por nós pecadores,

Agora e na hora da nossa morte.
Amém.

Mamãe sussurra um "Amém" junto comigo e pede para repetir a oração. Quando termino, ela manda repetir de novo. Então eu a recito sem parar. Ouço sua voz junto à minha, mas ela está tão cansada que não consegue me acompanhar. Então desacelero. E quanto mais desacelero, mais sua voz se apaga, diminui de intensidade, se esvai. Logo não ouço mais as palavras que saem da sua boca. Seguro a mão de mamãe. Eu a seguro por muito tempo. Ela está fria e macia.

29.

Estamos só nós dois no crematório: meu pai e eu. Quando acaba, saio do cemitério com a urna numa mochila e entramos no primeiro café ao lado do Père-Lachaise. Meu pai pede um café longo e eu tomo um uísque seco. Não o vejo há dez anos. Comento que ele deu uma envelhecida e ele responde que eu também. Sua presença me acalma, estou contente que ele esteja lá, simplesmente contente. Com os anos, ele ficou mais carinhoso e atencioso. Está feliz com sua esposa nova. Finalmente realizado e no lugar que sente que é seu.

— Você vai fazer o quê com isso? — diz ele, apontando para a minha mochila.

— Levá-la de volta a Ruanda.

— Não sei se ela ia gostar disso.

— Ela chegou a te dizer alguma coisa?

— Não, justamente, não me disse nada. Ela não gostava de falar do país dela.

— Sim, eu tinha notado. E você, fazia perguntas?

— No começo, um pouco. Mas logo senti que não valia a pena.

— Ela nunca te contou nada sobre o passado dela?

— Não, nada. Tirando essa história do afogamento.

— Que afogamento?

— Você não conhece essa história?

— Não. Então?

— Então o quê?

— Conta!
— Bom, no dia que ela fugiu de Ruanda, ela quase se afogou num lago.
— E?
— E só.
— Só isso? É essa a história que ela te contou? Você está dizendo que é só isso o que você sabe sobre o passado da mamãe em Ruanda? Que ela quase se afogou num lago?
— Oh, não sei muitos detalhes, ela me contou faz muito tempo. Mas em resumo, é isso.
— Obrigado por essa história emocionante, pai!
— Calma, não acabou. Graças a esse acidente, encontrei sua mãe.
— Por causa do seu quase afogamento num lago em Ruanda? Não vai me dizer agora que você estava lá e pulou na água para salvá-la?
— Não, não... Eu a encontrei em Paris, na piscina de Pontoise, no quinto distrito. Trabalhei como salva-vidas nas férias de 1974. Foi lá que eu avistei aquela bela gazela africana.
— Pare com esse tipo de expressão, pai, é constrangedor, estamos em 2020.
— Ah, sim, é verdade, não se pode falar mais nada... Bom, então: eu vi chegar aquela sublime mulher negra. Está melhor assim?
— Continue, por favor.
— Ela não sabia nadar e queria aprender. Mas de um jeito diferente, com uma vontade inusitada.
— Como assim?
— Como se fosse uma questão de vida ou morte. Ela não estava lá pelo prazer de nadar ou para relaxar como os outros. Não. Ela estava cumprindo uma missão. Porém, ela entrava em pânico logo que entrava na água. Gritava, até chorava. Os banhistas reclamavam. Primeiro que naquele

tempo não era comum ver negros na piscina. Imagina então negros que chamavam a atenção, era... como dizer... escandaloso. A ponto de meus colegas terem que retirá-la da piscina e colocá-la para fora. Mas ela não se desmotivava, voltava no dia seguinte. Eu ficava impressionado com tamanha obstinação, então roubei as chaves do guarda e me ofereci para ensiná-la a nadar fora dos horários de abertura da piscina. Não vou negar que já estava interessado nela.

— E depois?

— Nos encontrávamos à noite e eu dava aulas pra ela. No fim do verão, estávamos namorando e ela sabia nadar perfeitamente.

— Não conhecia essa história. Lembro apenas da foto na sala, aquela em que vocês estão na piscina.

— Sim, é dessa época. E foi assim que ela me contou essa história de afogamento. Que era por isso que ela queria saber nadar.

— Acho que ela falou sobre isso no hospital. Quando estava morrendo. Ela disse que queria uma oração antes de se afogar de vez.

Meu pai me encara com os lábios cerrados e os olhos úmidos.

— Ela era uma mulher que carregava um peso muito grande. Não sei se ela foi feliz. Ela era dura. Principalmente com você, devo dizer. Mas acho que é porque ela te amava mais do que tudo.

— Ela nunca me disse. E você, papai? Por que nunca se interessou por Ruanda?

— Não sei. Era distante. E como Venancia não tocava no assunto...

— Talvez sua falta de interesse não tenha permitido que ela se abrisse.

— Provavelmente você tem razão. Eu não ousei. Eu me arrependo. Entendo que você precisava partir.

— Duvido que entenda. Eu mesmo não sei por que moro lá. Provavelmente você imagina que eu esteja buscando minhas origens...

— Não, acho que não. Você não está buscando suas origens. Talvez esteja tentando entender o silêncio da sua mãe.

30.

Ao descermos do avião, em Kigali, funcionários de jalecos brancos medem nossa temperatura. É necessário também preencher um questionário e indicar se viajamos recentemente à China. Depois de passar pelo controle de fronteira, deposito minha bagagem de mão numa esteira rolante. O militar que monitora o scanner percebe algo incomum na tela de controle e me pede para abrir a mochila. Ele retira a urna funerária e pergunta sobre seu conteúdo. Respondo em kinyarwanda: "Ni mama utashye mu gihugu. — É minha mãe que está voltando para casa".

Na casa de Eusébie e Stella, o terreno está irreconhecível. No lugar do jacarandá, as obras estão bastante avançadas e tomam todo o espaço do que um dia foi o jardim. A placa de licença de construção exibe a planta tridimensional do futuro edifício: um residencial no estilo Dubai, cúbico e frio, com estacionamento cimentado e palmeiras de Miami. Na sala, Stella está esparramada no sofá, rolando posts do Instagram, e Eusébie — recém-nomeada chefe de gabinete em um ministério — está ao telefone com seus colaboradores. Elas se jogam em mim, me beijam, compartilham minha tristeza e repetem "meus pêsames". No terraço onde nos acomodamos, a vista é aterradora. Contemplamos o canteiro de obras, a betoneira e os andaimes. Stella acabara de sair do hospital e ainda parece fraca. Eusébie também parece cansada. Ela tem trabalhado mais do que quando era deputada. Fala sem parar com seu smartphone nas mãos, respondendo a mensagens intempestivas pelo WhatsApp.

— Como você está se sentindo, meu amigo?

— Estou melhor. Contente por ter estado com ela nos seus últimos momentos.

— Ela também, tenho certeza.

— Mas me dei conta de que éramos dois estranhos um ao outro.

— Não acho. Uma mãe conhece seu filho.

— Talvez... Mas será que um filho conhece sua mãe?

Stella me olha com seus grandes olhos verdes, aqueles que me fitavam vinte e um anos atrás, quando ela era apenas uma recém-nascida se abrindo à vida, nesse mesmo terraço cercado por minha mãe e Rosalie, à sombra do imponente jacarandá de flores lavanda-azuladas que crescia então com toda a sua majestade rumo a um céu infinito, testemunha silenciosa das vicissitudes do século anterior. Naquele instante preciso, tomo consciência do que Stella perdeu para sempre, ela que durante vinte e um anos viveu sob a copa tutelar daquela árvore-monumento, que não passou sequer um dia de sua existência sem levantar os olhos maravilhados para o vertiginoso topo daquele esplendor, sem que seus pensamentos se perdessem na profusão de vida que aquela folhagem abundante abrigava — insetos, lagartixas, aves de rapina, passeriformes multicores, e aqueles casais de turacos-de-ross com suas cristas vermelhas e seu bico amarelo, amantes apaixonados que lhe ofereciam o doce espetáculo de seus galanteios. Stella cresceu junto àquela árvore mística, sua amiga e confidente, uma presença que a acalmava numa época conturbada, um farol seguro nas turbulências do tempo que passa. Ela tem a justa medida da sua perda, conhece seu valor, enquanto eu tenho a impressão de não saber o que significa a partida da minha mãe.

— Eusébie, um dia eu pedi que você contasse a história da minha mãe. Você respondeu à altura que era ela quem devia contar.
— Sim, eu me lembro.
— Agora só me resta você. Você é a última pessoa que pode me contar.
Eusébie assente levemente com a cabeça, fecha os olhos por um momento e respira fundo.
— Em 1973, Venancia, Viviane e eu estávamos na mesma classe, no internato de meninas de Save. Eugène e Paul estudavam na universidade de Butare. Eugène já era meu noivo e Paul era o grande amor da sua mãe. Viviane era a irmã gêmea de Venancia. Sei que você não sabia e, acredite, sinto muito que fique sabendo pela minha boca, e não pela dela. Viviane e Venancia eram cúmplices, como apenas irmãs gêmeas sabem ser. Todo mundo gostava delas, elas tinham um senso de humor alucinante, uma alegria de viver contagiante e uma criatividade sem limites. A paixão da sua mãe era a moda. Ela era louca por moda. As paredes do seu quarto eram cobertas por recortes de jornal sobre desfiles de alta-costura em Paris. Nós a chamávamos de Coco Chanel. Ela gostava tanto de roupas e tecidos que, nas férias, trabalhava nas lojas dos omanis[17] de Butare, que vendiam belos tecidos de Zanzibar. Aliás, foi lá que ela conheceu Paul, que mandava fazer seus ternos ali. Paul pertencia a uma família tútsi politicamente influente e era com certeza o menino mais elegante da cidade. Ele também era apaixonado por moda, coisa rara para um rapaz daquela época. Foi amor à primeira vista entre Venancia e Paul. Eles eram feitos um para o outro.
Durante os massacres contra os estudantes tútsis em 1973, nossa escola foi atacada em plena luz do dia. Eles separaram as meninas tútsis do resto do grupo e mandaram

---
[17] Cidadãos de Omã. (N. da T.)

nossas colegas nos espancar. Depois nos trancaram numa sala e alguns alunos prometeram voltar com um garrafão de gasolina para nos queimar. Viviane, que era bastante atlética e flexível, conseguiu se contorcer e passar pelas grades das janelas da sala de aula. Ela foi buscar as chaves e nos libertou. Naquela mesma noite, encontramos Eugène, Paul e mais quatro colegas que também tinham escapado da morte por pouco. Paul estava em péssimo estado, mancando e certamente com costelas quebradas, pois cada respiração era um sofrimento para ele. Eugène conhecia um caminhoneiro que fazia o trajeto entre Butare e Gisenyi. Ele aceitou nos levar por uma boa quantia de dinheiro e nos esconder embaixo de uma carga de abacate. Nosso plano era fugir para o Zaire, mas em Kibuye o motorista foi informado de que havia bloqueios na saída da cidade. Ele ficou com medo e nos deixou no meio do nada, na beira do lago Kivu. Eugène e Paul disseram para nos escondermos num estábulo abandonado e saíram para buscar ajuda. Eles voltaram com três pescadores dispostos a nos ajudar a atravessar o lago até a ilha Idjwi, no Zaire, se lhes entregássemos todas as nossas economias. Não tínhamos tempo a perder e embarcamos os nove em frágeis canoas. Felizmente, a noite era de breu, ninguém nos viu partir. Eugène e eu estávamos em um barco, Paul, Venancia e Viviane, em outro. Mas ao cabo de duas horas, começou a entrar água na canoa em que eles estavam. Os coitados esvaziavam o quanto podiam, mas a água subia inevitavelmente. Um dos estudantes que estava com eles entrou em desespero. Nossa canoa estava bem na frente. Não os víamos, mas Paul, Viviane e Venancia tentavam acalmar o garoto em pânico. Eugène percebeu que a situação estava ficando dramática e pediu ao pescador para dar meia-volta o mais rápido possível. Foi então que ouvimos os gritos. A canoa tinha acabado de virar. Nenhum deles sabia nadar. Nós remamos o mais rápido possível na direção deles, mas só conseguimos salvar

Venancia. Os outros desapareceram nas águas do lago Kivu. Sua avó nunca perdoou Venancia pela morte de Viviane. Ela a considerava responsável. Sua mãe e sua avó não se falaram durante mais de vinte anos. Até a viagem que vocês fizeram juntos, em 1998.

Eusébie é interrompida pelo toque do telefone. Ela se levanta para atender, afastando-se um pouco. Eu estou atordoado, à beira das lágrimas, ao lado de Stella, que viera se sentar perto de mim. Eusébie reaparece:

— Ainda é confidencial, mas o governo vai anunciar a novidade essa noite. A partir de amanhã de manhã, o país vai ficar totalmente confinado por causa da epidemia. Não vamos poder circular durante várias semanas.

Várias semanas? Impossível! Eu não posso ficar aqui. Preciso ir para Kibuye espalhar as cinzas da minha mãe. Pego meu telefone, ligo para o Claude e, trinta minutos depois, ele está na frente do portão com um capacete na mão. Stella chega correndo. Ela prendeu o cabelo, pôs um jeans e um tênis:

— Vou com vocês.

— Você nem sabe para onde a gente vai.

— Sei sim, ouvi toda a conversa de vocês.

— Você ainda está muito fraca. Além disso, não sabemos quanto tempo vai durar o confinamento. Você não vai deixar sua mãe sozinha.

— Eu vou!

— Só tenho um capacete para emprestar pra vocês — sorri Claude.

Stella pega o capacete, põe na cabeça e se senta no assento do passageiro:

— Não tem problema, o Milan não precisa disso.

Eu me rendo. Subo atrás de Stella, ajeito a mochila com a urna contra a barriga e disparamos nós três. A noite cai no momento em que deixamos Kigali. É a hora do rush, em cada cruzamento os guardas organizam o trânsito apesar dos semáforos contarem os segundos de espera. As ruas estão impecáveis, lavadas todos os dias por milhares de mãozinhas, e uma multidão de alunos uniformizados percorre os bulevares repletos de palmeiras e canteiros de flores. A cidade não se parece em nada com aquela, poeirenta e decadente, que conheci na minha primeira viagem, em 1998. O centro está moderno e bem cuidado, uma sucessão de parques e calçadões, bairros comerciais e hotéis cinco estrelas, shoppings, campos de golfe, residências chiques e centros de convenções para reuniões internacionais. Tudo aconteceu tão rápido, tenho a impressão de estar deslocado do presente, de morar nas lembranças de um mundo que nunca existiu, de já ser velho neste país onde a grande maioria dos moradores nasceu depois do genocídio. Uma vez fora da cidade, Claude dirige em alta velocidade, como se uma nuvem de fogo nos perseguisse. Está escuro quando chegamos no chalé, mas ao longe avisto Alfred nos esperando sob a luz da varanda. Quando Stella lhe estende a mão, eu digo:

— É a filha de Eusébie.

Alfred faz um leve movimento com a cabeça querendo dizer "prazer", enquanto Stella admira a biblioteca repleta de livros, discos e filmes.

— Eu tenho a impressão de que sua coleção aumentou — digo.

— Sim, eu continuo minha caça aos tesouros na região. Todos os livros deste lado eu trouxe de uma viagem recente ao Burundi. Pertenciam a uma velha grega que fugiu da guerra em 1995, e eu comprei de um mestiço obrigado a se separar deles porque ia voltar para a França.

— Que incrível o que você fez com essa casa! — exclama Stella, maravilhada. — Eu a conheci em ruínas faz alguns anos. Dá vontade de vir passar as férias aqui.

— Você será sempre bem-vinda — responde Alfred. — Aliás, vocês três são todos bem-vindos. São os lugares que nos escolhem, e não o inverso. Então, se gostam de estar aqui, considerem essa casa de vocês.

— É verdade, você não voltou desde aquele fatídico fim de semana que passamos escutando a voz da Rosalie! — observa Claude.

— Quem é Rosalie? — pergunta Alfred.

— Minha bisavó — sorri Stella.

— Que impressionante. Você é a segunda pessoa que encontro na vida que conheceu a bisavó.

— É mesmo? Quem é a outra?

— Eu — confessa Alfred, dando risada. — Eu cresci com ela até os meus dez anos. Ela se chamava Emma e, detalhe interessante, ela tinha os mesmos olhos verdes que os seus. Morava em casa conosco, em Bukavu, e contava um monte de histórias incríveis a mim e aos meus irmãos. Ela tinha vindo do Congo seguindo a caravana do rei Musinga, quando ele foi exilado pelos belgas.

Ao ouvir essas palavras, o rosto de Stella se ilumina.

— Ah, não, vai começar tudo de novo! — protesta Claude. — Lá vem vocês com suas histórias de vovó, tambores e vacas sagradas que vão me dar dor de cabeça. Milan, que tal deixarmos os dois se conhecendo melhor? Eu estou a fim de tomar uma lá fora.

Alfred tinha posto na varanda alguns sofás confortáveis e nos jogamos ali com um suspiro de satisfação. Claude se vira e dá uma olhada para Stella e Alfred rindo e conversando entusiasmados na sala.

— Parece que eles se deram bem — ele observa. — Que maluco, quem vê pensa que são pai e filha.

— Pois é, quem vê pensa...

— Eu queria tanto ter conhecido meu pai.

— E eu meu avô.

Nós nos entreolhamos e caímos na risada.

— Mami diz que ele se parecia comigo.

— Ah... então devia ser feio pra caramba!
Rimos de novo e depois nos calamos para escutar o barulho das ondas. É isso que eu gosto no Claude: ele é a única pessoa com quem posso compartilhar o silêncio. Termino minha cerveja, fecho os olhos e adormeço. Quando acordo, sacudido por um calafrio, Claude está dormindo no sofá, na minha frente. Alfred e Stella estão conversando na sala. Que horas devem ser? Vejo luzes ao longe. Como lampiões postos sobre o lago. Vou até o cais e fico um momento observando essa fascinante aparição. Atrás de mim, ouço Alfred, Stella e Claude se aproximando. Pergunto a Alfred o que é esse misterioso espetáculo.

— É a pesca com lanternas.
— É lindo, parece uma vigília — sussurra Stella.
— Quero ir lá perto.
— Como assim, no meio da noite? Milan, você está bem? — se preocupa Claude.
— Sim, quero ir lá. Tenho a impressão de que estão me chamando.
— Vamos lá — diz Stella.

Pego a mochila e entramos os quatro no barco do Alfred. Ele desamarra a corda, começa a remar para o fundo, no meio da noite densa. Sentimos a brisa bater em nosso rosto, a imensidão do lago diante de nós, a escuridão sob os nossos pés, o céu profundo acima de nossas cabeças. Quanto mais nos aproximamos, mais as luzes parecem se afastar, como uma miragem em pleno deserto. Alfred continua remando. Stella também, apesar do seu estado ainda frágil. Ela entendeu. Sabe aonde quero chegar. As primeiras luzes do dia começam a aparecer. Alfred e Stella estão cansados. Decidimos parar um momento, no meio das águas. Quando o sol começa a raiar por detrás das colinas de Ruanda, como um deus que se acorda, Claude sussurra:

— É agora, Milan.

Stella põe sua mão em meu braço, como que para me dar coragem. Eu me viro para eles. Com a claridade, eles percebem que a mochila aos meus pés está vazia. Deixei a urna dentro de casa.

— Ela não teria gostado de afundar nesse lago que ela amaldiçoava. Nem mesmo de descansar nesse país que ela fez de tudo para esquecer.

Às margens do lago, vejo uma mancha branca no meio do mato. É o chalé. A casa que nos espera. No lago, os pescadores voltam da noite, cantando que a pesca foi boa. Suas vozes ecoam em direção ao céu. Lágrimas brotam em meus olhos, e eu choro. Pela primeira vez desde que ela morreu, eu choro. Sinto então mãos afagando minhas costas, vozes me consolando, presenças me reconfortando.

Não estou sozinho. Não estou mais sozinho.

SOBRE O AUTOR

Gaël Faye nasceu no Burundi, em 1982, e é escritor, compositor, rapper e cantor franco-ruandês. Filho de pai francês e mãe ruandesa, foge da guerra civil em seu país natal em 1994, refugiando-se na França com sua irmã. Durante a adolescência, em Paris, descobre o rap e o hip-hop. Gradua-se no Lycée Jules-Ferry, em Versailles, obtém o mestrado em Finanças pela École Nationale d'Assurance (ENASS) e trabalha em Londres por dois anos em um fundo de investimentos.

Em 2008, enquanto morava em Londres, decide deixar o emprego no setor financeiro para se dedicar à música, com a criação do grupo de rap Milk Coffee & Sugar. Sobe ao palco e grava seu primeiro álbum solo em 2013, *Pili Pili sur un croissant au beurre*, que inclui a música "Petit pays". Nessa canção, homenageia o Burundi, onde cresceu, evocando o genocídio do qual foi testemunha e seu exílio na França.

Seguindo o conselho de uma editora francesa que ouviu a música, decide se lançar na escrita de uma narrativa mais longa, que se tornara o romance autobiográfico *Petit pays*, publicado pela Grasset em 2016, vencedor do Prix Goncourt des Lycéens e do Prix du Premier Roman, entre outros (obra lançada no Brasil com o título *Pequeno país*, pela Carambaia, em 2023). Em 2022 publica o livro *L'ennui des après-midi sans fin*, com ilustrações de Hippolyte, descrição poética dos longos dias de sua infância no Burundi (lançado no Brasil com o título *O tédio das tardes sem fim*, pela Veneta, em 2023).

Em 2024, Gaël Faye publica, também pela editora Grasset, seu segundo romance, *Jacaranda*, sucesso de público e de crítica, laureado com o prestigioso Prix Renaudot. O livro se debruça sobre as consequências dos massacres de 1994 em Ruanda, acompanhando a história de Milan, um jovem franco-ruandês em busca de suas raízes, e de Stella, filha de uma sobrevivente. Com sensibilidade, Faye aborda temas como memória, exílio e reconciliação, oferecendo um relato que é ao mesmo tempo uma busca pessoal e o testemunho de uma sociedade marcada pelo genocídio. Dois anos antes, já havia lançado um EP com cinco músicas intitulado *Mauve Jacaranda*, incluindo a canção "Butare", nome da cidade ruandesa onde morava a sua avó materna.

Desde 2015, Gaël Faye vive em Kigali, capital de Ruanda, onde segue desenvolvendo projetos artísticos e literários em consonância com suas heranças culturais e experiências pessoais.

SOBRE AS TRADUTORAS

Nascida em São Paulo, em 1986, Mirella do Carmo Botaro reside atualmente em Paris, onde desenvolve atividades de pesquisa, ensino e tradução. É doutora em Estudos Brasileiros, Portugueses e Africanos Lusófonos pela Sorbonne Université. Vencedora do prêmio de tese GIS Études Africaines en France/CNRS e de uma menção honrosa do prêmio de tese da Associação de Brasilianistas da Europa (ABRE), sua pesquisa aborda as relações literárias entre a África e o Brasil sob a perspectiva da tradução. Traduziu no Brasil, entre outras obras, *Pelourinho*, de Tierno Monénembo.

Nascida em João Pessoa, em 1987, Raquel Camargo reside atualmente em São Paulo, onde trabalha como tradutora, pesquisadora e editora na Editora 34. É doutora em Letras pela Universidade de São Paulo (USP), com estágio doutoral na Sorbonne Université. Em sua tese, dedicou-se ao estudo das transferências linguístico-culturais na atividade tradutória, com foco no romance *Là où les tigres sont chez eux*, de Jean-Marie Blas de Roblès. Como tradutora, trabalha prioritariamente com literatura africana francófona e literatura francesa contemporânea, tendo traduzido, no Brasil, autores como Patrick Chamoiseau, Gaël Faye, Abdellah Taïa, Scholastique Mukasonga, David Diop, Françoise Vergès, Monique Wittig e Pauline Delabroy-Allard, entre outros.

Este livro foi composto em Sabon, pela Franciosi & Malta, com CTP e impressão da Edições Loyola em papel Pólen Natural 80 g/m² da Cia. Suzano de Papel e Celulose para a Editora 34, em julho de 2025.